罠には罠
ご隠居は福の神 12
四郎
時代小説
二見時代小説文庫

目次

罠（わな）には罠――ご隠居は福の神12

罠には罠——ご隠居は福の神12・主な登場人物

高山和馬……自身の窮乏は顧みず他人の手助けをしてしまう、お人好しの貧乏旗本。

吉右衛門……ひょんなことから和馬の用人のようになった、なんでもこなす謎だらけの老人。

千晶……藪坂甚内の診療所で働き、産婆と骨接ぎを担当。和馬に思いを寄せる娘。

徳兵衛……深川木場の材木問屋「飛騨屋」の主。

利左衛門……「飛騨屋に騙された」と訴える、材木問屋「川越屋」の主。

栄吉……川越屋の跡取り息子。亡き飛騨屋先代の娘「おさえ」と恋仲。

富蔵……「大菩薩の富蔵」と呼ばれるも、菩薩とは名ばかりの阿漕で冷酷な金貸し。

銭屋五兵衛…海の百万石と呼ばれる加賀の豪商。

石川実之介…深川で「歩庵」という手習い所を開いている元旗本。

お光……何者かに殺された実之介の馴染みだった深川芸者。

お咲……実之介の女房だった小料理屋の女。

古味覚三郎…北町の定町廻り同心。袖の下を平気で受け取るなど芳しくない評判が多い。

越智阿波守定時…城内での不始末により切腹の上、御家お取潰しとなった阿波小松藩主。

志野……定時が幼い頃より信頼を寄せ、姉のように慕っていた阿波小松藩の奥女中。

仲蔵……田楽長屋と呼ばれる棟割長屋に住み、紙漉をしている職人。

第一話　霧中の村

一

相模湾で獲れたばかりのシラスを釜茹でにして、熱々の御飯の上にたっぷり載せ、葱や海苔、胡麻などをかけて生醤油で戴く。

——なんとも贅沢の極みだ……。

はふはふと丼から掻き込んでいる吉右衛門の顔を、千晶は呆れ顔で見ていた。化粧っけもなく、髪飾りもない、野袴姿だが、まだ年頃の女である。吉右衛門とは、祖父と孫というふうにしか見えなかった。

小田原城下の外れにある一膳飯屋である。

吉右衛門くらいの年寄りがひとりでやっている何処にでもありそうな店である。

だが、この店の親爺が一癖も二癖もあるという噂だった。酒を飲んでいる奴は店に入れないとか、シラスの味が分からぬ奴には丼を出さないとか、天麩羅にしたシラスを載せたり、卵をかけたりする邪道は許さないとか、それなりの矜持があるのだ。

吉右衛門は何度か来ている。その訳は、美味いシラスを食うためでもあるが、もうひとつの狙いがあった。自分の〝運〟を占ってもらうためである。親爺は八卦見でもなんでもない。ただ、毎日、何百人という店の前を往来する人の顔を見ていて、運気があるかないかが分かるのだという。

事実、吉右衛門も若い頃、ある事件絡みでこの地を訪ねてきたとき、

「おまえさん。何の仕事をしているか知らないが、それはやめた方がいい。労多くして功少なしというやつだ」

と親爺に言われた。親爺といっても同い年くらいなので、その頃はまだ若い。

そのさりげない言葉に、吉右衛門はカチンと頭にきて、まったく無視して強引に事を進めたら、双方から責められるハメに陥り、案の定、失敗した。多額の借金を抱えた吉右衛門は、まさに身動きの取れない状況になってしまった。

だが、その帰り道、親爺に一言、文句を言ってやろうと、この店に立ち寄った。

「あんたが余計なことを言うから、纏まるものも、纏まらなかったではないか。まっ

たく貧乏神だよ」

八つ当たりに過ぎなかったが、親爺は腹を立てるどころか、

「まあ、そういうこともあらあな。死ななかっただけ、俺は福の神だと思うがな」

と言って、シラス丼を食わせてくれた。そして、

「おまえさんは、それでぜんぶ、悪い憑（つ）きものが落ちた。これからは上向きになる。ああ、そういう顔だ。この前に来たときと、全然、違う面構えになってるぞ」

そう言ったのだ。単なる慰めに過ぎなかったが、吉右衛門には妙に腑に落ちることがあって、シラス丼を食べながら、なぜ大事（おおごと）に失敗をしたかを考えた。

単純な話だった。欲を出したからである。

無理、無茶、無謀はしてはならぬと、心に決めていたのに、つい成功とか大儲けを企（たくら）んでしまったからだ。

冷静になってみると、自分の過（あやま）ちに気づくものだ。その若き吉右衛門に、飯屋の親爺が紹介してくれたのが、二宮尊徳（にのみやそんとく）であった。

農民の出身でありながら、弱冠二十歳で、傾いていた生家を立て直し、その力量を買われて、小田原藩の財政立て直しを任されていた頃だった。その二宮尊徳もまた、必死に金策に駆けずり廻っていた頃に、この飯屋の親爺に助言を貰ったという。

「立て直すのは、御家ではなく、おまえの荒んだ心だ」

そう言われて、二宮尊徳は折れそうなところでギリギリ踏ん張り、その後は、生涯にわたって六百余りの村を復興させる農政家になるのだ。吉右衛門は若い頃に、自分より随分と若い二宮尊徳から経世済民を学んだことが、今の自分に繋がっているという。その偉人に引き合わせてくれたのが、一膳飯屋の親爺である。

「それにしても……食べ過ぎじゃないですか、ご隠居さん。もう五杯目ですよ」

信じられないという顔になった千晶に、吉右衛門は食べ終わってから、

「おまえは若いくせに、年寄りじみたことばかりを、よく言いますな。つまりは常識でしか物事を考えない。そんな心がけじゃ、藪坂甚内の思いを受け継いで、深川診療所を任されませんよ」

「私なんか、まだまだですよ。そんなことより、どうなのです。あの村を助けることができるのですか」

あの村とは、小田原城下の外れ、酒匂川沿いにある大里村のことである。

一昨年、小田原城下は、地震や大きな野分きで山津波が起こり、甚大な被害があった。藩財政の苦しいなか、復旧が急がれたが、川の氾濫も相まって、大里村の田畑はごっそり崩れてしまい、村自体が存亡の危機に陥っていたのだ。

この村長(おさ)の父親が、それこそ吉右衛門の若き日に、寝食の面倒を見てくれた恩人でもあったから、村の復興のために一役買うことに決めたのだ。もっとも、小普請組(こぶしんぐみ)の和馬(かずま)に考えがあってのことだ。

「和馬様だって江戸(えど)どころか、深川のことで手一杯なのに、よく引き受けましたね」

千晶はからかうように言ったが、吉右衛門はさして気にせず、とにかく役に立ちたいということだけを考えていた。

とはいっても、村の三分の一にも及ぶ田畑が消えてしまい、築地(つきじ)などをしたとしても、農作物を育てるためには、十年、二十年という時がかかってしまうであろう。それゆえ、村を逃げ出す者もいた。しかし、誰もそれを責めることはできなかった。

一番、被害を受けているのは、酒匂川近くの一帯で、誰もが復旧は無理だろうと思っていた。たしかに、一部の土地は崩れたままになっているが、きちんと整備すれば、使い道はあるはずだ。

むろん、小田原藩も尽力しているはずだが、城下だけでも手一杯なので、〝経済効果〟の薄い所は、後廻しにされているのだ。吉右衛門としては何とかしてやりたいが、慈善事業で立て直しができるほど、村の再興というのは甘くない。

「でも、ご隠居さんはいつも言ってるではありませんか」

千晶は目を三角にして、

「その日暮らしの庶民は自分のことで精一杯でいい。番頭くらいになれば、少しは近所の困ってる人を助け、大店の主人になれば、町内のことを考えて、問屋仲間の肝煎りくらいになれば、町年寄と一緒になって、江戸の厄介事を請け負い、豪商と呼ばれる人になれば、世の中を支えることを考えなきゃいかんと。でしょ、おじいちゃま」

「おじいちゃま……と、きましたか」

「近頃はよく、そう呼んであげてるではないですか。私が孫みたいだからって」

「何か下心があるときですな。猫なで声を出したりして」

「そんなしたたかな女ではありません」

プンとなって口を尖らせるところが、まだまだ若い証である。

「では、おまえは何をどうすれば、大里村は救われると思うのだ。事を評するだけではなく、対処を考えて実行せねば意味はない」

「だったら、ご隠居さんはどうお考えで？」

「訊かれたことに答えてみなさい」

「そうですねえ……私なら、別の村にしてしまいますねえ」

「別の村？」

「ええ。前に、ご隠居さんは寂れた宿場町を、美味いものばかりの宿や店を作って、江戸からの客が来るようにしましたよね。あれからも色々な店ができたそうですよ」

「あれは川舟を使っていくこともできるし、元々は旅人も多かった繁華な宿場町だ。だが、大里村はただ米や野菜を作るだけの村。人を呼べるものはないと思いますがな」

「そこは、ほら……色々と知恵を出して」

適当なことを言っていると、暖簾を分けて、手っ甲脚絆の旅姿の男が入ってきた。年の頃は四十絡みであろうか。どことなく覇気がなく、今にも死んでしまいそうな青白い顔をしていた。

一膳飯屋の隅っこに腰掛けると、食べ物よりも先に水を所望し、何でもいいから、飯をくれと頼んだ。

「何でもいい……だと？」

親爺は半ば怒ったような声で、

「うちはシラス丼しかねえんだ。今年の漁はまだまだ盛りだがよ、嫌なら水だけ飲んでとっとと出ていきな」

と言った。どうやら、親爺の癇に障ったのだろうが、吉右衛門は「おや？」と顔を

向けた。何処かで見た顔だと思ったら、

「深川の材木問屋『飛騨屋』さんじゃないですか……徳兵衛さん、私ですよ、吉右衛門です」

「あ、ああ……これは……」

徳兵衛と呼ばれた商人は、なぜかバツの悪い顔になって腰を浮かせたが、吉右衛門が近づきながら、

「小田原くんだりまで、商いですか」

「え、まあ、そうです」

あまり会いたくない相手だったのか、徳兵衛は俯いたままである。吉右衛門はその様子を見て、おそらく商売上の失策でもあったのだろうと察した。

商人というものは、控え目な態度をしていても、上手くいっているときと、調子が悪いときでは、

——体から滲み出てくる汗の色が違う。

と、吉右衛門は常々、思っていた。

「親爺さん。この人は私の知り合いだ。腕によりをかけて、一番美味いものを作ってやってくれないか」

「一番も二番もねえよ」

そう言いながらも、すぐに茹でたてのシラスをたっぷり載せた丼を持ってきて、徳兵衛の前に置いた。

「腹が減ってはなんとやらだ。落ち着いたら、吉右衛門さんに、じっくり話を聞いてもらうがいい。どんな悲惨なことがあったか知らないが、諦めるのは早いんじゃねえか？」

「え……」

「あんたは運がいい。吉右衛門さんと知り合いなら尚更だ。ここで会ったのは、ついてる証だ。さあ、食いなせえ」

無骨な態度だが、親爺の目には優しい光が宿っていた。

二

深川木場の材木問屋『飛驒屋』といえば、江戸で指折りの大店である。

だが、三年くらい前に、一度、潰れそうになった。

なぜか、『飛驒屋』が卸した材木で造った家や蔵、橋などが悉く崩れたり、傾いたりしたからである。人柄がよく、面倒見もよい徳兵衛は公儀御用達だった。それゆえ、同業者に妬まれて、嫌がらせをされたのではないか、という噂が流れたほどだった。

しかし、死人がひとり出て、怪我人も十数人出たことから、町奉行所が調べたところ、〝紛い物〟を使っていたと判明した。柱に相応しくない材木や橋桁にするには弱い木材を、売っていたと結論づけたのだ。

たしかに、徳兵衛が自分で調べてみても、年輪や木の目からして、適材適所でないのもあった。だが、安い材木を買って、高く売りつけたわけではない。目利きである自負があったからこそ、油断をしたのかもしれないが、粗末な材木を産地の者に摑まされたのである。

その頃、江戸では火事続きでもあったから、材木が足らずに、あちこちから急場凌ぎに寄せ集めたのも悪かった。一刻も早く、人々の暮らしを立て直したいという思いが、裏目に出たのだった。

だが、悪い噂はすぐに流れるもので、『飛騨屋』の評判は俄にガタ落ちになった。仕入れはしたものの、不払いのものが沢山あり、普請問屋からは、丈夫なものを造ることができなかったと弁償を求められた。

それに加えて、自分の蔵も誰かに付け火をされたのか、燃えてしまい、大事な家財道具や商売道具、千両箱までが燃えた。まさに泣きっ面に蜂である。

付け火をした者は分からずじまいで、町奉行所からは闕所を言い渡され、店の再建など無理だと思っていたのだが、徳兵衛は縋る思いで、高山家を頼ったのだった。

和馬は財力はないが、困った人は放っておけない気質である。かつて豪商であったとしても無一文になれば、同じ貧しい人として扱って救いの手を差し伸べるのだ。

「――その節は、大変、お世話になりました……」

「いや、和馬様の尽力です。あれは私が高山家に来たばかりの頃でしたかな」

「感謝の言葉もありません」

腹が減っていたのか、あっという間にシラス丼を平らげた徳兵衛は、改めて、丁寧に頭を下げた。

「江戸城九十二門のうち、三十数門の改築がありましたが、それについては、高山家の計らいで加わることができました」

「私は何もしてませんがね」

「また、江戸の府外……つまり天領での普請にも〝入れ札〟を経て、加わることができましたので、なんとか『飛騨屋』を守ることができました」

徳兵衛が守ると言ったのには訳がある。

もう二十年ほど前のことだ。小田原から江戸に出てきた徳兵衛は、普請人足として働いていたが、『飛騨屋』の先代主人に見込まれて、手代として店に入った。算術に長けた、材木の振り分けや配送など、実に効率の良い仕事をしていたからである。

手代として十数年働いた末、番頭になったとたん、先代主人が急な病に倒れた。徳兵衛は病床に臥している主人の介護をしながら、一生懸命に働いた。主人が亡くなってからは、遺言どおり跡を継ぎ、公儀御用達にまでして、さらに店を大きくしたのであった。もちろん、主人が残した妻子の面倒も見ていたが、すべて先代への恩義に報いるためだった。

「ああ、その数々の苦労は、私も承知してますよ」

吉右衛門は納得して頷きながら、

「しかし、どうしたのです。冴えない顔をしているし、またぞろ困ったことでも起こりましたかな？」

「あ、いえ……せっかく高山和馬様のお陰で店を盛り返したものの、やはり私では力が足りず、店を畳んで、私は故郷に帰ってきたのです」

「店を畳んで……！」

「そういう次第です。お恥ずかしい限りですが、お別れの挨拶もせずに、黙って出てきてすみませんでした」

　殊勝に話してはいるが、徳兵衛はまさかここで吉右衛門と会うとは思ってもいなかったようで、戸惑っているようでもあった。

「だったら、徳兵衛さん。とっても、幸運でしたわねえ」

　横合いから千晶が声をかけた。深川診療所で産婆と骨接ぎとして働いていると言うと、徳兵衛も見覚えがあるのか、改めて「ああ……」と頷いた。

「実はね、ご隠居さんも若い頃は、商いか何かをしていたらしいのだけど、あまりに辛いので嫌気がさしてというか絶望をして、故郷に帰ろうとしたとき、この店に立ち寄って、親爺さんに引き止められたんだって」

「え……？」

「それで心機一転、かの二宮尊徳さんと出会って、運勢も変わり、吉右衛門さんは大儲けをしたらしいですよ」

「あなたは……」

　徳兵衛は吉右衛門をまじまじと見て、

「ただのご隠居ではないと思ってましたが、やはり商人でしたか。だから、周りのみんなにも親切なのですね」

と訊いた。が、吉右衛門は「違います。ただの老いぼれで、高山家に世話になっているだけです」と答えるだけであった。

「ですが、徳兵衛さん。このシラス丼で、あなたも何かが変わると思いますよ」

「励まして下さり、ありがとうございます。しかし、私はもう若くない。そんなことを言ったら、吉右衛門さんは私より遥か上なので、恐縮ですが……私にはもう守る者もいませんから」

「それで悔いがないなら、いいですがね」

妙に大人びた千晶の言い草に、徳兵衛は自嘲気味に、

「ないことはないですが……」

「だったら、思い直した方がいいです。ねえ、ご隠居さん。いつも言ってますよね。人間、死ぬ間際(まぎわ)になって悔やむくらいなら、今できることをすべてやっておけって」

「さすがは藪坂甚内先生の内弟子さんだ。若いのに立派なことを言いなさる」

「そうじゃなくってね。実は、ご隠居さんが困ってることがあるんです」

愛想よく舌をペロリと出して、千晶は大里村の罹災と復興について話した。徳兵衛は何となく聞いていたが、さほど胸を痛めることはなかった。

「冷たいかもしれませんが……今は他人のことなど考えられないんです」

「考えられない……」

　吉右衛門が聞き返すと、徳兵衛は気弱に頷いた。

「はい……まったく……」

「これは、ますますもって妙ですな。深川『飛驒屋』といえば、先代もそうだったが、自利（じり）よりも利他（りた）を重んじる情け深い大店として、みなに慕われていたはずだ」

「恥ずかしながら、そういう余裕はありません」

「そりゃ、立場や境遇が変われば気持ちも変わる。人は弱いものです。しかし、あれほどの商いをしていた人が……」

「勘弁して下さい。私は騙（だま）されたのです」

「騙された……」

「人を見る目がなかったと言っていいでしょう。ありもしない公儀普請のために、身代のほとんどの金と材木を拠出してしまった……だから無一文に等しいのです。先代の妻子の当面の暮らしを保つだけで精一杯で……」

「その騙した相手というのは？」

「札差の……あ、いえ……もう結構です。欲を出した私が悪いのです」

「それでも騙された人より、騙した奴が悪い。もし騙りであれば、死罪ですからね。町奉行所には相談しましたか」

「ですから、それはもう……」

徳兵衛は年寄りじみて背中を丸めて、

「それに私は、どうやら不治の病を患っているらしく……残りの命を大切にしたいだけなのです。残りの命を……」

言葉を繰り返して、徳兵衛は項垂れたまま、店の親爺から差し出された茶をすすった。

「本当のことですか……」

吉右衛門が尋ねると、薄笑いを浮かべて、

「嘘をついて何になります。私はあと、そうですね……もって半年と言われました……胃の腑に大きなできものがあって、もうどうすることもできないのです」

「医者に言われたのですか」

「ええ。何処だったか……大藩の御用医師も務めているという承庵先生です……駿河台下小川町に構えている診療所で、何度も診てもらったのです」

「承庵……本道医でしたかな……」

その名は吉右衛門も覚えがあるが、あまりよい噂を聞いたことがない。やたらと薬漬けにして、自分で煎じるものだけではなく、薬種問屋から高い薬を買わせているという。その見返りが、承庵の懐に入る仕組みだ。

「それが本当なら、藪坂先生にも……」

診てもらおうと吉右衛門が言うと、他の医者からも同じことを聞かされたらしい。絶望の淵でようやく踏ん張ったものの、自分の命の終わりを知らされては、気持ちが萎えてしまうのも当たり前であった。

「だったら、尚更じゃないですか」

また千晶が横合いから、不躾に声を挟んできた。

「私ね、江戸の両国橋の袂で、『残った命だから、お金はいりません』と札を立てて、達筆で書を書いているご老人を見かけたことがあるんです」

「え……？」

何を言い出すのだと、徳兵衛は目を上げた。

「なんでも、昌平坂学問所でも教えていた偉い人らしいんだけど、これまでは自分の思うように生きてきた。最期くらいは無償で他人様の役に立ちたいって」

「…………」

「そういう人は、それまでも世のため人のために働いていたんだよね、きっと。だから、徳兵衛さんも残った命で人助けをして下さい。そのためなら、ご隠居も良い知恵を出すと思いますよ」

あまりにもアッケラカンと言う千晶に、徳兵衛は言い返す言葉も失った。しかも、千晶はニコニコと微笑(ほほえ)んでいる。決して恵まれた生まれではないが、天然の素直さなのか、千晶には人から敵視されない愛らしさがある。

徳兵衛は何だか可笑(おか)しくなってきた。

「なるほどね……残った命か……」

「でしょ？　もう一花咲かせて、極楽浄土へ行けばいいじゃないですか」

屈託なく笑っている千晶の顔を見ていて、吉右衛門までが、大里村についても何かできるような気がしてきた。

「では、私も一肌脱ぎますかな。脱ぐ肌もないが……ああ、そういえば、私も何度も小田原には縁があって来ていたのです。大里村のことは知りませんが、その上流……酒匂川の上流ですな……矢倉岳(やぐらだけ)とか鳥手山(とりてやま)には、材木の買い付けに行きました」

「材木の……！」

吉右衛門は何か閃(ひらめ)いた。

「あんな所から、江戸まで、どうやって運んでいたのですか」

「そりゃ、もう……金に物を言わせて、人足を沢山集めて、湊まで運んで、船で……」

当然のように語る徳兵衛の顔の皺をまじまじと見ていた吉右衛門は、

——ポン。

と膝を打って、首をグリグリと回した。

「ご隠居……何か思いつきましたね」

その仕草を見た千晶は、おかめ顔になるほど目を細めて笑った。

三

所変わって——。

日本橋の材木問屋『川越屋』を高山和馬が訪れたとき、何人かの商人が血相を変えて押しかけていた。詳細は分からないが、どうやら普請に使った材木のことで、職人らと揉めているようであった。

その人の塊を押しのけて店の中に入ると、『川越屋』の主人が自ら、厄介事の対応に出ているようであった。

「店の主、利左衛門は、おまえか」

少し強めに、和馬が声をかけると、利左衛門はドキリと振り向いた。五十絡みの落ち着いた風貌だが、どこか商人としての自信のなさが漂っていた。

「ちょいと話を聞かせてもらえるかな」

和馬はあえて浪人姿をしているから、利左衛門は一瞬、眉を顰めた。口の中で何やら呟いて、客あしらいを番頭に任せ、和馬を店の奥に案内した。上座に腰を落とした和馬がしばらく待っていると、利左衛門自ら盆に茶菓子と茶を載せてきて、

「どうぞ、どうぞ」

と恐縮したように差し出した。

茶菓子に見えたのは、封印小判であった。

「――これは、何の真似だ」

「僅かばかりですが、なんとか内聞に願えないでしょうか」

「ふむ……」

訳が分からぬまま、腕組みをしてギラリと見やる和馬の威圧的な顔に、

「た、足りませんでしょうか……」

と利左衛門は訊いた。

和馬は沈黙のまま、利左衛門の目を覗き込んでいた。

「これ以上はちょっと……先日、いらっしゃった隠密廻りの旦那にも、それなりにお渡し致しました。いくら、まずいことに手を出したとはいっても、私どもが御定法を犯したわけではありません……どうか、心中察して下さらないでしょうか」

「甘い考えは捨てるのだな」

誤解している相手に、和馬が適当に合わせて答えると、利左衛門はよほど気が弱い男なのか、自らペラペラと話し始めた。

「そう言われても……そもそも、悪いのは『飛騨屋』なんですよ」

「『飛騨屋』……深川のか」

「はい。ご存じのとおり、『飛騨屋』は一度、倒れかかった店を立て直し、近頃は随分と羽振りもよくなってました。けれど、普請奉行から、新たな神社仏閣などの修繕について、入れ札の値を教えられて、またぞろ自分だけが儲けようとしていたのです」

「入れ札の値を、普請奉行がバラしたというのだな」

「はい。『飛騨屋』徳兵衛って人は、とんでもない商人ですよ。あのまま潰れておけばよかったんです。普請奉行と結託して、私たちのような材木問屋を閉め出そうとしているのです」

「店に押しかけてきている連中は、何を騒いでいるのだ」

「……私どもはご承知のとおり、材木問屋とはいっても、『飛驒屋』のような木場の大店から仕入れをして普請場に渡す、いわば仲買に過ぎません。入れ札の値を知らないからこそ、いい値の高値で買わされてしまった。その後で、相場が下がったものだから、こっちは大赤字。しかも、普請請負問屋の人たちは、材木の相場が急に下がったのを理由に、支払いを拒んできたんです……そんなことをされた日には、こっちは大損ではないですか。だから、徳兵衛に掛け合おうと思ったら、店を畳んで、故郷に帰ったとか……冗談じゃありませんよ。これじゃ、まるで売り逃げじゃありませんかッ」

一気呵成に喋った利左衛門は、自分が情けないと涙すら浮かべていた。

そのとき、廊下から、若い手代風の男が声をかけてきた。

「お父っつぁん。そう悪し様に言うものではありませんよ。『飛驒屋』さんは、立派なお方だと私は思っておりますよ」

若い手代に見えたのは、『川越屋』の跡取りで、栄吉という。優しそうで、物腰も低いのは、育ちの良さからきているのだろう。

「おまえは黙ってなさい。これは、代々続いてきたうちの暖簾に関わることなんだ」

「ですから、私も案じてるのです」

「黙りなさい。おまえは、まだあんな女にうつつをぬかしているのだな」

話の矛先（ほこさき）が急に変わった。利左衛門は和馬の顔を見て、一瞬だけ口を閉ざしたが、短い溜息をついてから、

「――栄吉は、『飛騨屋』の娘……おさえと恋仲でしてな……それで困っているのです……あんな店の者と一緒になんぞできますか。それこそ世間の笑いものだ」

「おさえというのは、徳兵衛の……？」

和馬が訊き返すと、利左衛門は首を横に振って、

「いえ、『飛騨屋』先代の娘ですよ。思いがけず先代は病死したから、徳兵衛が先代の妻子の面倒を見ていた。そして、うちの栄吉と無理に一緒にしようとしたのです」

「それは違いますよ、お父っつぁん」

栄吉はキッパリと言った。

「見初（みそ）めたのは私の方です。しかも、徳兵衛さんは、こうおっしゃった……『飛騨屋』には跡取りがいない。だから、うちとひとつになれば、『川越屋』の看板のもと

で、『飛驒屋』の身代も残すことができる、と」

「だから、おまえは馬鹿だと言うんだ。そんな口車に乗せられて……現に、うちからは売り逃げしたじゃないかッ」

もう『飛驒屋』の話はするなとばかりに、粂吉を追いやり、利左衛門は切羽詰まった表情になって、

「此度(こたび)の『飛驒屋』と普請奉行がしたことは、うちだけではなく、他の材木商にも迷惑がかかってる。なのに、私どもが悪いことをしたと思われている。それを、なんとか払拭したいのです」

「だったら、これは何だ？」

和馬は盆の上の封印小判を指した。

「で、ですから……隠密廻りの旦那方の手で、阿漕(あこぎ)な普請奉行のやり方を暴いてもらいたいんですよ、旦那！　この金は私ひとりが出すんじゃありません。同じような材木商から、お願いするために、掻き集めたものなんです！」

「そうかい。だが、これは要らぬ。何でも金で解決しようという魂胆に、悪い奴は付け込んでくると思うぜ」

と吐き捨てるように言うと、和馬は立ち上がった。

店先まで見送りに来た利左衛門は、ふいに不安を覚えたのか、

「旦那……本当に隠密廻りの……？」

「いや。小普請組の高山和馬というものだ」

「えっ……」

「近頃は不景気で、公儀普請もままならぬから、おまえたち材木問屋も普請請負問屋も、大工や人足たちも大変だ。おまけに米に油、粉や芋まで値上がりして、みんな大変だからな。事業を起こしてでも、なんとかせんとな」

微笑んで背中を向けて立ち去る和馬を、利左衛門は黙って見送るしかなかった。


不忍池の畔には、出合茶屋が並んでいて、宵闇に包まれると、死罪を覚悟で不義密通をする男と女の姿が見える。

店の名も掲げておらず、軒提灯もない。

そんな店のひとつにいた栄吉とおさえは、弁天堂を眺めながら、寄り添っていた。

比叡山延暦寺に倣って、上野に寛永寺を創建した慈眼大師が、不忍池の弁天島を琵琶湖の竹生島に見立てて建立したものだ。そのような所に、出合茶屋が並ぶのは不謹慎なのか、ありがたいことなのか、江戸っ子は別に気にしていない。

「では、やはり……栄吉さんのお父っつぁんは、私たちのことを認めて下さらないのですね」

薄暗い室内で、悲しげに目を伏せたおさえの長い睫毛(まつげ)には、微(かす)かに涙が滲んでいた。潰(つぶ)し島田の黒髪には、栄吉が贈ったのであろう、銀簪(ぎんかんざし)が揺れている。蝶柄(ちょうがら)の着物とあいまって、おさえのしとやかさを際立たせていた。

「何度話しても、無駄のようだ。今日も、こっぴどく叱られた……こうなれば、おさえ。いっそふたりで遠くに……」

「でも、そんなことをすれば、余計に引き離されるのではないですか」

「もう何を言っても駄目なんだ」

「それに、私には、病でろくに動けないおっ母さんがいます。放っていくなんてことはできません」

「分かってるよ。どんな手立てを講じてでも、必ず一緒に……」

「無理な話です」

「なら、おさえは諦めるというのかい」

「そんなことは嫌です」

「私を信じて欲しい。何としてでも、おさえと一緒になるから」

おさえをひしと抱き寄せた栄吉は、おさえが痛がるほど強く力を込めた。

そのときである。

「そうはいかねえんだよ」

いきなり襖が開いて、屈強な体つきの男がふたり乗り込んできた。いずれも顔に刃物傷がある強面(こわもて)で、威嚇するように着物の裾(すそ)を捲(まく)って身を乗り出した。

「大人しい顔をして、出合茶屋とは畏れ入ったぜ、おさえさんよ」

「あっ。あなた方は……」

「こんな優男(やさおとこ)に、ただで体を任せるくらいなら、金になることをしようじゃねえか」

兄貴分の男が栄吉の脇腹を蹴って、おさえの細い腕を摑んだ。

「やめてくれッ」

思わず突っかかる栄吉を、弟分の男がさらに激しく蹴飛ばして、身動きできないように喉元に匕首(あいくち)を突きつけた。

「うっ……！」

「大人しくしねえと、ブスリとあの世に送ってもいいんだぜ」

「か、勘弁して下さい……おさえが、な、何をしたというんですか」

「何もしちゃいねえよ」

兄貴分が不敵な笑みで答えた。

「徳兵衛が『飛騨屋』を畳んだのは、俺たちからの借金を踏み倒すための小細工だったからだよ」

「誰なのですか、あなた方は！」

「知りたきゃ徳兵衛に訊きな」

「え……？」

訳が分からないと首を振る栄吉に、兄貴分も匕首を抜いて、

「奴が、おめえの親父を騙してまで、材木を売り抜けて逃げたのは、俺たちから借りた金を返せないからだ。少しでも返せば可愛げがあるが、先代主人の女房と娘に金を残して、当人はトンズラこいただけ」

「……いや、しかし、その借金なら、徳兵衛さんからぜんぶ返したと聞いてる……そうだろう、おさえ……」

「ええ。借用書も処分したじゃありませんか、綺麗さっぱり」

おさえも縋るような目で言った。だが、ならず者ふたりは鼻で笑って、

「おいおい。借金てのは利子がつくんだ。元本の千両を返したからって、返したうちには入らねえだろうが」

「三年の利子分、千五百両が払われてねえ。全然、足りねえんだよ」

「そ、そんな馬鹿な利子があるかッ」

「馬鹿も賢いもねえ。徳兵衛が俺たちと、そう約束したんだから、返してもらうまでだ。なあ、お嬢さん。あんたに渡した借用書、よく見たかい？　ありゃ元本だけの話で、利子は改めて払うと書いてあっただろうが。それができなきゃ、おまえさんたちが住んでる家、蔵、土地、深川の木場に残っている材木、それから、おまえさんの体も借金のカタに入っているんだぜ」

「知りません……」

「それで通れば、お上はいらねえ。なんなら、出る所へ出たっていいんだぜ、おう！」

凄みのある声で恫喝したとき、

「御免。邪魔するぞ」

と、いまひとり、招かざる客が入ってきた。

着流しに、小粋に煙管をくわえた和馬である。懐手で煙を吹かして、

「今からいいところだったのに、うるさくて気分が出ないではないか。すっかり萎えてしまって、相手も拗ねて帰っちまった。どうしてくれるのだ」

「なんだ、てめえ……」

兄貴分が大きな体を向けて、和馬に近づいてきた。侍なんぞ恐くないようだ。

喧嘩慣れしている態度だが、剣術の達人である和馬にはまったく効き目がない。

「怪我しねえうちに出ていきな。でねえと、下半身を使えねえようにしてやるぜ。いいのか、女と楽しめなくなってもよう」

兄貴分が威嚇すると、和馬は煙管をくわえたまま、

「その言葉、そっくりそのまま返そう」

「やろうッ。なめやがって」

兄貴分がいきなり匕首で突っかかると、和馬は煙管の火の粉を相手に吹きかけ、股間を蹴り上げた。

「うぐッ――」

奇妙な声を上げて、兄貴分はその場に崩れた。

「大切なものが、ひとつ潰れたかな」

淡々と和馬が言うと、弟分の方が悲鳴のような声を上げて、

「てめえ！　おとなしくしねえと、この女をぶっ殺すぞ！」

と脅したが、和馬は冷ややかな目で、

「俺とは何の関わりもない女だ。好きにするがいい。だが、その女は、大切な借金のカタではなかったのか」

「うるせえ！」

匕首で女の喉元に突きかかろうとした寸前、和馬が抜き払った刀の切っ先が伸びて、弟分の匕首を持つ手を斬り刎ねた。匕首を握っていた指が二、三本落ちて、さらに悲鳴を上げながら、のたうち廻った。

「これはすまん。匕首を弾こうと思ったのだが、手元が狂った。だが、自業自得と諦めるのだな。では、失礼するぞ」

和馬は栄吉とおさえを促して、出合茶屋を出るように急かした。薄暗い室内だったせいか、目を凝らして、

「——あなたは、もしや昼間……」

店に来ていた隠密廻り同心の仲間ではないかと、栄吉が尋ねると、おさえの方が吃驚した表情になって、

「高山様ですよね。ご隠居さんといつも、世話になってます」

と言った。だが、和馬は「そうだ」とは答えたが、

「さっさとしろ。仲間が来ると厄介なことになるぞ」

と、不思議がる栄吉の背中を押した。どうやら、今の奴らがどういう輩か、和馬は承知していたようである。

出合茶屋から逃げるように表に出たふたりは、和馬に誘われるままに、深川の高山家まで来た。

「二、三日、匿ってやる。今は家に帰らぬ方がよいみたいだ」

と和馬が言うと、栄吉は不思議そうに、

「――おさえから聞きましたが、小普請組のお旗本なんですね。なのに、深川診療所をはじめ、色々と貧しい人たちの面倒を見ているとか……ということは、隠密廻りではなかったのですね。お父っつぁんはてっきり……」

「調べたいことがあったのだが、利左衛門の方から勝手に色々と話してくれた」

「では……」

「吉右衛門は常々『川越屋』を助けてやりたいと話していた」

「うちを……」

「どうしてかは知らぬが、おまえたち二人の行く末が気になってるようだ」

和馬の話に栄吉は戸惑ったが、詳しく話を聞きたいと申し出た。

「悪いようにはしないから、俺たち小普請組に任せてくれないかな。そしたら、おまえさんたちを、きちんと夫婦にして、店も従前どおり、いや、それ以上の大店にしてやろうではないか」

「そんなことが……！」

できるのかという顔になった栄吉だが、おさえは、『飛騨屋』が高山家に救われたことを承知している。このままでは、『川越屋』も煽りを食って共倒れになって、暖簾を下ろさなければならなくなる。

「なんだ。若いんだから、もっと夢を見なきゃ。逃げることだけ考えてても、ダメだ。何処まで逃げても、自分の影だけはついてくるからな」

和馬に励まされて、栄吉とおさえはお互い顔を見て、微笑み合うのだった。

「ところで、さっきのならず者だがな、おさえ……」

と和馬が訊いた。

「おまえさんは知っていたようだが、何処の誰兵衛の使いの者なんだ」

「それは……」

答えに窮したおさえを見て、栄吉も不思議がった。何か隠しているのかと勘繰ったのだ。だが、和馬は無理強いはしなかった。

「言いたくないなら、いいんだ……調べれば分かることだからな」

「いえ……隠しているわけではありません……ただ、恐いだけなんです……逆恨みをされるのが……」

「そんなに恐い奴なのかい？」

おさえは小さく頷いて、

「――私の父は病で死んだことになっていますが……本当は……本当は、その人に迫られて自害したのです……おっ母さんと私に累が及ばないようにと……」

と衝撃的なことを言った。栄吉は狼狽していたが、和馬は落ち着かせて、

「大丈夫だ。俺たちが守ってやるよ」

「は、はい……大菩薩の富蔵……という人の息がかかっているかと……」

「大菩薩の富蔵……！」

知らぬ名ではなかった。だが、実在するかどうかさえ、あやふやで何処に住んでいるのかも、誰も知らなかった。ただ、その渾名とは違って、「冷酷で阿漕な金貸し」だという噂だけは、何となく世間に流れていた。

四

小田原城下からずっと離れて、酒匂川上流の矢倉岳に、吉右衛門と徳兵衛の姿があった。

海風と山風がぶつかって霧が深くなる時もある。しかも、藪道であるから、野袴姿で、袖には襷がけをしている。ふたりとも、険しい山道を登ってきたためか、足下がふらついている。

「昔は、これしきのことで、ふくらはぎが攣るなんてことはなかったんですがな」

吉右衛門が振り返ると、徳兵衛はもうだめだとばかりに座り込んだ。

ふと眼下に目をやると、ゆっくりと霧が晴れて遥か遠くに、緑野の中を蛇行する酒匂川が見えた。雄大な相模湾に向かって流れ出ている。炊ぎの煙や帆船など、人々の暮らしが手に取るように分かる。

「はあ……見事ですな……こういう景色を見ることを、すっかり忘れてました」

感嘆した徳兵衛の顔に爽やかな風が吹きつけ、汗が引いていくようだった。吉右衛門も大きな石に腰掛けると、

「材木の買い付けに来ていた頃に比べて、見る目が変わったのではありませんか?」

と訊いた。

「ええ……江戸で商いをしていたときも、そうですが、毎日毎日、足下しか見ていませんからな。たまに山に材木にする樹を見に行ったときも、目の前のことばかり……いや、実に爽快だ。気持ちいい」

徳兵衛はぐいっと背筋を伸ばして、「ああっ」と深い声を発した。これまでの人生で溜め込んでいた息を、すべて吐き出したかのようだった。

「おお……あれが、大里村か……たしかに無惨ですな……」

酒匂川の土手が剔られるような形で、まるで巨大な獣に齧られたように、赤茶の泥が剝き出しになっている。

元々、水害の多い土地柄である。宝永年間の富士山大噴火のときには、この川は物凄い量の火山灰が泥となって流れた。さらに雨による土石流も加わって、辺り一面は、二度と作物が育たないのではないかと思えるほどの濁流が渦巻いていたという。

しかし、今は綺麗に復活している。自然の回復力もあるが、大勢の人々がこつこつと力を出し合ったからである。

「こうして見ていると、たしかに、あの村をなんとかしなければならない、という気持ちにさせられますな」

「でしょう……」

「それにしても、吉右衛門さん。かような眺めを見せるために、わざわざ、こんな所まで来たわけではありますまい」

「少しは元気になられたようですな」

「え？」

「自分のことばかりではなく、他人様のことが気がかりになったくらいですからな。見てのとおり、大里村は大変な事態になっている。けれど、もしかしたら、上流のこの山が……山の樹が助けるのではないかと、あなたに会って閃いた」

「私に会って……？」

　不思議なことを言うものだと、徳兵衛は首を傾げた。

「どういう意味ですかな」

「もう少し歩いてみましょう。矢倉岳一帯は、霧が深いのもあって、良質の杉や松、橅や欅、檜などが混在しており、なかなか雑木林が広いんです。もちろん、一部は小田原藩が植林してますがね」

「そうなんですね……」

箱根の辺りは、江戸で必要な材木の産地である。しかも、小田原藩は江戸の材木商と直に取り引きをしていることくらい、徳兵衛なら知っていると思っていたと、吉右衛門は言った。

「でも、今更、私に見せられても、どうしようもないと思いますがね……」

「いいことを教えてあげましょう」

「なんでしょう……」

さして興味もなさそうに、徳兵衛が訊き返すと、吉右衛門は真顔になって、

「水野様は、来年早々、棄捐令を出す腹づもりです」

「き、棄捐令？」

これには驚いた。大名や旗本が、商家から借りている借金を棒引きする〝悪法〟である。商家にとっては、貸した金が回収できないのだから、困ったものだ。

とはいえ、どのような商家でも対象にするわけではない。

旗本ならば大抵、切米手形を〝担保〟にして、札差から金を借りている。返済が滞って、損は承知でも、札差は我慢するしかない。札差の株を取り上げられて、商売ができなくなるよりはマシだからである。

しかし、ろくなカタも取らずに、付き合いで貸していた商家は、店が潰れてしまう

かもしれない。

そんな状況を察した〝取り立て屋〟が、半額ぐらいの金を商家に肩代わりして、元の分をほとんど回収することがある。借金が全く戻らないくらいなら、少しでも取り戻したいのが人情である。

そういうところに付け込んで、回収を請け負う輩がニョキニョキと現れるのだ。そういう裏稼業の者は、

——糠床屋。

と呼ばれている。

漬け込んで、旨味を得るとかけているのだろうか。

吉右衛門の知り合いにも、その手の商いをしている者は、ごろごろいた。それゆえ、棄捐令が行われるという噂も耳に入ってくるのだが、吉右衛門の場合は、水野から直々、聞いた話である。

水野とはむろん、老中首座の水野越前守忠邦のことだ。

「吉右衛門さんは、まさかご老中の水野様をご存じなので!?」

頷いただけの吉右衛門に、

「やはり只者ではなかったのですね。高山家の中間などと、世を欺く姿なんですね

……でも、借金棒引き令が出されたところで、別に私には関わりありますまい。損も得もしませんがね」

と徳兵衛は冷ややかに言った。吉右衛門はニンマリ笑って、

「砂糖にたかってくるような〝糠床屋〟に儲けさせることはない。今のうちに、借金をしてでも、この山の材木を買い占めなさい」

「えッ。それは無茶というものでしょう。第一、私なんぞに金を貸す者などおりませんよ」

「『川越屋』さんに借りさせるのです」

「それは無理です。材木が暴落して、私を恨んでいるでしょうからね……それに、今の『川越屋』さんに貸す者がいるかどうか……」

首を横に振る徳兵衛に、吉右衛門は強い口調で言った。

「それがいるのです」

「はあ？」

「小田原藩です」

「まさか、そんなことが……」

あり得ないと徳兵衛は苦笑した。

「諦めずに聞いて下さい。まず、江戸の『播州屋』という札差から、五千両ばかり小田原藩が借ります。借金の名目は、大里村の復旧、復興ということですな」

「……………」

「その手筈は私が進めます。なに、この『播州屋』ってのは、〝糠床屋〟のような阿漕な稼ぎをしているので、小田原藩の山をカタにすれば五千両くらいポンと出します」

山とは土地のことではなく、藩が伐採する材木のことである。

「その五千両を、小田原藩から『川越屋』に貸し付けます。ま、これは帳簿上のことで、『川越屋』が小田原藩に伐採料として、支払った形にして、材木を仕入れます。それを、来年の江戸市中改修で使えば、倍あるいは三倍の値で、材木が売り捌けることになるに違いない」

「来年の……江戸市中改修……？」

「神社仏閣のみならず、古くなった橋梁も架け直す話が浮上してるんです」

「ま、待って下さい……そんなトントン拍子で上手くいく話なんぞ、私には信じられません。それとも、吉右衛門さんは、水野様からそういう話を裏で聞いている、ということなのですか」

「いいえ。はっきりしているのは、棄捐令が出されるということです」

「もしや……」

徳兵衛は不安な顔になって、

「札差の『播州屋』から借りた金を、小田原藩は返さないつもりなのですか」

「棄捐令が出たところで、大概(たいがい)は、五年よりも前に借りた分が帳消しになるのが相場で、去年、今年借りた分まで、チャラにはしないでしょうな。そんなことをしたら、暴動になりかねない」

「…………」

「藩は三十年あるいは五十年割賦で、返済をするでしょうし、元金の五千両は手元にあるわけですから、『川越屋』の負担は、利子分くらい。もっとも棄捐令が出れば、貸した方は恐々とするでしょうから、返してくれないのではないかという不安材料にはなる」

「でしょうな……」

「しかし、『川越屋』は材木で大儲けして、きちんと小田原藩にまとめて利子を払えるに違いない。しかも、稼いだ金で改めて、小田原藩からさらに余分な材木を仕入れておけば、『川越屋』は暴落して損をした分を、取り戻すことができるでしょう」

自信に満ちあふれて話す吉右衛門を、徳兵衛は不思議そうに見ていた。何故、そこまで確信が持てるのか、世の不景気な風潮を見てきた徳兵衛には俄に信じることができなかった。

「借金を棒引きするとは、その分で新たに武家が金を使うのを促すということです。江戸は町人と武家の数は半々ですが、武家地は七割を占める。その武家の金の使い道によって、商人や職人の暮らしぶりも変わってきますな」

「まあ、そうですが……」

「これまでの幕府の施策として見ても、棄捐令などが出た後は、必ず貨幣の改鋳が行われる。つまりは貨幣の値打ちを変えるということです。大概は、金銀銅の含有する量が減りますから、手元に置いておくよりは物に変えた方がよいという考えが広がる。だから、庶民の間でも、売買が広がる」

「…………」

「町人が物を買うためには、稼ぎが増えなきゃいけない。ゆえに、幕府は必ずや公儀普請を増やす。事実、神社仏閣を修繕する策はすでに打ち出しています。その真っ先は、日光東照宮（にっこうとうしょうぐう）や浅草寺（せんそうじ）、増上寺（ぞうじょうじ）など幕府ゆかりの寺社から始めます。隅田川（すみだがわ）に架かる橋や江戸市中の掘割の護岸普請や水道の改修などにも広がるでしょう……上流で流した金は、必ず下流に届くように仕組んでいくんです」

吉右衛門の話には一理あると、徳兵衛は納得はしたものの、事がそう上手く運ぶかということと、眼下の大里村の復興とどう関わりがあるのかという疑念は払拭できなかった。

「それが大ありです……今、話したとおり、上流の金……つまり、材木は必ず下流に届くんです。それを徳兵衛さん。あなたにお願いしたいんですよ」

「私に……」

「ええ。かつては江戸で指折りの公儀御用達の『飛驒屋』主人だ。この矢倉岳の材木伐採の人夫を掻き集めて、ボチボチやろうではありませんか」

「ボチボチ……？」

「ええ。慌てるナントヤラは貰いが少ない……秋風が吹く頃になればシラス漁が終わる……そして、この辺りには雪が降る。雪が積もってから伐採し、来春になったら一気呵成に江戸に運びましょう」

「はあ？」

言っている意味が分からないと、徳兵衛は首を傾げた。

「雪が積もったときに、伐採などできませんがな」

「そこをやるのです。どうせ棄捐令は新年を迎えてのことだし、貨幣改鋳は夏頃になるはず。この村のように五里霧中ですが、ボチボチと……」

勝算ありという吉右衛門の燦めく目を、徳兵衛は、もう一度、信じてみるしかないと思ったようだが、

「それにしても、ご隠居は何故、そこまで……」

商売のことに詳しいのかと不思議そうな顔で見つめていた。

五

はるばる大里村の庄屋・宇佐蔵の屋敷を訪ねてきていた吉右衛門は、村方三役も交えて、水害で崩れた川辺の村をどうするかと話し合うつもりだった。吉右衛門は小田原藩の使者という通行手形と藩主直筆だという文を見せたが、宇佐蔵は胡散臭そうに見ていた。年寄、百姓代も同じような顔で眺めている。

「——あの場所を、湊にするというのですか」

宇佐蔵は納得できないとばかりに首を振った。

庄屋といえば、単に百姓を束ねている人ではない。もちろん、統率力や人間力があ

って、村人はついてくるのだが、頭脳も明晰で、勉学も儒学はもとより、漢学、洋学なども修めている知識人が多かった。

それゆえ、吉右衛門の考えは突拍子もなかったのである。

「藩のみならず、ご公儀は承知のことですか。こんな中途半端な所に湊を造れとは、それこそ夢物語のようなものでございましょう」

きっぱりと宇佐蔵が否定すると、年寄と百姓代も同じ意見だと言った。

「人は、できない理由を考えるものです」

「湊を造って何をするというのです。下流は小田原城下で、江戸や大坂（おおさか）に向かう廻船の湊が整ってます。川舟の船着場などは対岸にもあるし、上流から下流まで、各所に設（しつら）えられていますしね」

「誰が船着場を造ると言いました。湊を造ると言ったのですよ」

吉右衛門が目を輝かせて言うと、村方三役は溜息混じりで、顔を見合わせた。

「湊では、様々な荷物の積み卸しをするから、その利権があります。宿場で貫目改めをする問屋場のようなものです。それに加えて、関所みたいな働きもあります。つまり、大里村の湊を通らなければ、あらゆる物資が滞る仕組みにするのです」

「――真面目に話してるのですか……それが無茶だというのです。バカバカしいにも程がある。第一、幾ら公儀の意向とはいえ、そんなことをするためには、藩の許しがいるのではないですか」

「それを貰うのが、あなたたち村役人の務めではありませんか」

「ええっ……？」

「自分たちの村のことでしょう。骨を折るところは、きちんと折らないと、夢は叶いませぬぞ。そのために私はお手伝いしに来たのです」

耄碌爺さんになじられたと思ったのか、年寄役が頰を真っ赤にして、反論しようとした。が、吉右衛門は掌をサッと差し出して、

「まずは私の話を聞いて下され」

と突っぱねた。

「私はこの大里村に来る前に、小田原藩主・大久保加賀守様と御家老の堀部様に直々にお目にかかってきました。先程、見せた紹介の文のとおりです」

「………」

庄屋でも会うことなどはできぬ相手に、かような一介の小普請組旗本の家臣が、本当に面談が叶ったのか、俄には信じられないという表情で、村方三役は吉右衛門を見ていた。

「人を疑うというのは、夢を潰すのと同じことです。少しは信じてみて下され」

「――あ、はい……」

宇佐蔵は溜息混じりで言った。

「堀部様の話では、この冬、雪が降って積もったのを見計らって、矢倉岳の樹木を切り倒し、矢倉沢に向かって落とすそうです」

「落とす……？」

「というより、雪に滑って、自然に落ちるらしい」

「そんなことをしたら、材木が岩場などに引っかかって、水を堰き止めることになるではありませんか。却って付近の村に迷惑がかかります」

「材木ですので、完璧に堰き止めることはないとか。それに、沢に材木を落としても、一時的だし、村の人々の暮らしには悪い影響は及ぼさないと思います」

「どうでしょう……」

「それも、庄屋さんの交渉しだいだと思いますね」

「……で、どうするというのです。その伐り出したものを」

「春になれば雪解け水が自然に押し流して、さらに下流の村に流れます。まだ酒匂川の支流ですから、川の鮎漁などを邪魔することはありません……そこで、筏に組んで、大里村まで流します」

吉右衛門の目がしだいに生き生きとしてきた。

「そこで、新しく造る湊の出番です」

「湊の出番……」

言葉を繰り返しただけで、宇佐蔵は黙って聞いていた。

「先程も話したように、藩のお殿様から、湊と関所としての許諾を得て、立ち寄って小田原城下に流す筏に税をかけます。他の川舟の荷にも、物によっては少しばかり、税というよりは、湊の利用賃を求めます。丁度、江戸の中川(なかがわ)船番所のような働きをします」

「なるほど……藩の材木の通り道として、大里村を使うということですな」

「そうです。材木は藩財政の中でも重要な品目だし、御用であることを前面に出せば、付近の村も協力するようになります。何しろ、大里村は、先の水害で酷(ひど)い被害を受けているのですから、その復興事業としては、藩が総掛かりという印象もあるでしょう」

「ですが……」

不安を隠せない年寄役は、負の面も考えなければなるまいと言った。

「たしかに、大里村は同情されてますが、それをよいことに、焼け太りのような真似が許されるでしょうか。初めはよいかもしれないけれど、関所や湊の利益で儲かるようになれば、妬(ねた)まれる恐れもあります」

「肝っ玉の小さなことを言っては駄目ですぞ」

半ばからかうように、吉右衛門は笑って、

「そうならない手立ても、こっちは考えてるから」

「どうするというのですか」

「大里が得た利益を使って、水路を新たに造る。この辺りの村は、酒匂川から水を引いているが、少し流れが複雑だし、水のことで、隣の村同士で諍(いさか)いもあるとか」

「まあ、そうですが……」

「何処の村でもあることです。上流と下流の争いは、世の常だから」

「………」

「しかし、大里村の湊を造るために、当然、護岸などをするから、近隣の村々が水害から守られることにもなる。水路を増やすことで、あまねく広く、等しく、水を使うことができるようにする。そしたら、酒匂川に接していない大里村の周辺の村々も、みんな納得してくれるのではないかな？」

「なるほど……」

宇佐蔵は頷いて、年寄と百姓代を見やって、

「考えたほど上手くいくかどうかは分からないが、お殿様から許しが出るのであれば、良い話かもしれませんな……大里村には、六つの村が隣接しており、さらに同じ水路を使っている村を含めれば、十五の村々と関わりがあります。この十五村の惣庄屋の甚五郎さんに話をつけてもらえば、みなが納得するかもしれませんねえ」

「でしょ？」

吉右衛門は手を叩いて喜んだ。

「そのためには、まずは嘆願書が必要なのです。十五の村の庄屋さんが名を連ねて、郡奉行を通して、御家老様にお出しするのです。藩としては、体裁として、村から上がってきた要望に応えるというのが、一番、やり易い……それが堀部様のお考えでもある」

「ああ。なんだか、元気になってきた」

「筏が流れてくる来春までが勝負だと堀部様は言っていた。それまで、護岸普請もしっかりとしておかなければならない。それとて、農閑期の村人たちの仕事が増えることになるが、実入りの助けにもなるのでは？」

「なるほど……」

「湊ができれば、材木は元より、近在の農家の菜の物や里山で取れた茸なども、城下から来る出商いに売ることができるし、この村は梅や桜も綺麗だから、人を呼ぶことができるでしょう。できることは、どんどんやったら、いい」

「そうですな。吉右衛門さんのお話を聞いていると、なんだか妙に本当にできるのではないか、という気がしてきましたよ。もっとも、狐に騙されているのかもしれませんがね」

「騙すって……私に何の得があるのです。もっとも、幾ばくかの手数料を貰えば深川の病人や貧民も助かるというものですがね」

「深川……？」

「それは、こっちの話です」

吉右衛門は微笑んで、村方三役を見廻し、

「自利利他が人の世の常。只働きは御免ですが、自分だけが儲けるような心の狭い人間ではいけません。なんといっても、この村の出である二宮尊徳殿がそう言っておるではありませんか」

「もちろん、そのことは、この宇佐蔵が一番、よく知ってます。目先のことが気がかりで、少しばかり気が滅入ってました……いや、ありがたい。本当にありがたいことです」

思わず吉右衛門の手を握りしめた宇佐蔵の手は、長年の野良仕事でゴツゴツして頼もしかった。この手なら、なんとか上手くいくに違いないと、吉右衛門は感じていた。

六

米俵を山のように積んだ大八車が、所狭しと浅草蔵前を走り廻っている。その喧噪は、人の心を苛立たせるものがあった。

札差『播州屋』の前も例外ではなく、米問屋や仲買人らが、米相場だけを頼りにせぬ激しい取り引きを繰り広げていた。大坂堂島の米会所によって決定する米価ではあったが、それで一喜一憂することが、江戸っ子には耐えられなかったのである。

――まあ、お上が決めた程度のこと。

くらいの感じで、札差は御定法に触れない範囲で、裏取引をしていた。特に、米問屋との繋がりは深いから、旗本から〝担保〟にしていたもので不用になったものなどは、色々と便宜を図っていた。

表の騒々しさとは打って変わって——奥の座敷では、通夜のように押し黙った主人・賢右衛門の前に、和馬が座っていた。少し人相が悪く、恰幅の良い賢右衛門に比べれば、世間知らずの若僧にしか見えない。

賢右衛門は訝しげに和馬を見て、

「小普請組の御旗本が何を探っておいでですか」

「幕臣と札差は一心同体みたいなものではないか。おまえの儲けにもなると思うがな。どうだ、さっきの話は……」

和馬が問いかけると、賢右衛門は溜息混じりに、

「——五千両、ですか……小田原藩にねえ」

「なんとか、用立ててもらえまいか。公儀の威信にも関わることなのだ」

「御旗本に頼まれては、嫌だとは言えませんが、そうおいそれと用立てられる額ではありません」

「冗談を言うな。『播州屋』にとっては端金であろう」

「まさか。そもそも金貸しなら江戸にいくらでもいるのに、なぜうちに……」

「江戸で一番信用があるからだ」

真顔の和馬に、賢右衛門は嚙み殺すように笑った。

「十一万石以上もある大藩の小田原藩は、どうして、そんなに金が入り用なので？」

賢右衛門が訊くと、和馬はすぐさま答えた。災害で大変になった村々を救うために、どうしても必要な金だというのだ。その火急の用立てはできないではないが、何故に自分でなければならないのか、賢右衛門は疑念を持った。

「今言ったように、公儀は、おまえが一番、信頼できるからだろう」

「信頼できる……はて、私はまだ一度も、小田原とは、お付き合いがありませぬがねえ」

「うちとは、あるではないか」

「ええ、まあ……」

曖昧に返事をした賢右衛門は少し、表情が気まずそうに変わった。以前、ちょっとした不正をしてしまって、正義感のある和馬が摘発して文句をいい、高山家の米手形を扱う札差を替えてしまったのだ。

「誤解をするな。あの時の不正を蒸し返すつもりはない。昔のことだ。今はまっとうだと聞き及んでおる」

「それは、もう……」

「実は、小田原藩の江戸留守居役を通して、うちに話がきたのだがな、町場の両替商では万が一のとき心許ない。相手は大名だからな、武家との貸し借りにも慣れておらぬ。そこで、『播州屋』なら文句はなかろうと」

「──そういうことならば……」

何か裏があると、賢右衛門は踏んだのであろうか。わずかに目を細めると、

「正直に言って下さい、高山様……何を企んでるんです？」

「企む……」

「私だって、人に言えぬ苦労もしてきました。だから、世間に知られてはならないこともあるのかなと、勘繰ったまでです」

「さすがは、賢右衛門。札差仲間の肝煎りに推されている人だけのことはある」

「からかわないで下さい」

賢右衛門は煙管を箱火鉢の縁で叩いて、小普請組旗本や町の金貸しの相手をするほど暇ではない、とでも言いたげに口元を歪めて、

「正直に話して下さいませぬか」

とギョロリ、目を和馬に向けた。

「来年早々、江戸では、大がかりな公儀普請があるのは、知っておるな」

「ええ、神社仏閣の修繕とか橋梁(きょうりょう)とか」

「それだけではない。江戸ができた頃に、戻すかのような大普請が行われる。天守を造るという計画まであるのだ。そのためには、材木や石材、そして何より人足が必要になってくる」

「天守……」

「普請問屋や材木問屋なども、それを見越して、準備をしていることは、おまえの耳にも入っているであろう」

「どこまで大きな普請かは、知りませんがね……」

少しばかり興味を抱いたのか、賢右衛門は前のめりになって、煙管に火を付け直し、美味そうに吸った。

「もしかして、もっと色々とご存じなんですね、高山様は……さすがは小普請組では名を馳せておられる御方だ」

和馬が小さく頷くと、賢右衛門に少し近寄って、

「決して、他言は無用だぞ。俺もさる御仁(ごじん)……いや、この際、話しておこう……老中首座の水野忠邦様から内密に聞いた話だ。洩れるとこの首が飛ぶ……」

と曰(いわ)くありげな瞳を向けた。

「分かっておりますすよ」

欲も出てきたようだ。賢右衛門の野心に溢れた目を見つめながら、和馬は続けた。

「天下普請ではないが、幾つかの藩が幕府から名指しされて、江戸の町を造り直すことになった。むろん江戸城自体の普請も大がかりだが……」

江戸城とは内濠の中だけではなく、四谷見附、赤坂見附など外濠から、芝、高輪なども指していたから、今の都心のほとんどを占めているといっても過言ではない。それほどの城塞都市である。その見直しを、水野忠邦はしようというのだ。

この天保の時代にあっては、日本の周辺の海域には異国船が沢山、出没していた。江戸湾の近くにも船影を現していたから、幕府としては危機感を抱いていたのだ。

「それで、江戸を造り直すと……」

「水野様は本気だ。そこで、諸大名は多くの人と金、物資を出さねばならなくなった。その中に、小田原藩があり、求められているのは、材木なのだ」

「なるほど、材木ならば、これまでも箱根から運んできておりましたからな……」

と言いかけて、賢右衛門は何か閃いたのか膝を乗り出し、

「もしかして、材木の値崩れは、ご公儀が何か細工をしたのですかな？　安くしたところを買い集めておくとか……」

「さすがは、『播州屋』。勘が鋭いな。来年を見越して、いわば価格をいじったわけだ

が、それでも足りぬ。足らなければ、どんどん値は上がる。だが、鰻登（うなぎのぼ）りに値が上がれば、幕府としても普請が滞る。そこで、小田原藩に備蓄をさせるのが狙いだ。しかし、材木を買い占めるとは公にできぬ……もう言わなくても分かるよな」

「なるほど……それゆえ、災害の復興の名の下に金を借りるのですな」

「しかも、材木はきちんと担保される」

賢右衛門はニンマリと笑って、

「何となくですが、高山様の狙いが分かってきましたよ」

「俺の……？」

「ええ。本当は公儀が動くべきなのに、表に出れば厄介な何かがある。だから、私に押しつけようとしているのでは？」

「疑り深いな。嫌なら他の札差に当たる。儲け損なったな」

「…………」

「今の話は誰にも言うなよ」

和馬が突き放したように立ち上がろうとすると、賢右衛門はすぐに止めて、

「まあ、お待ち下さい。高山様も気が短いですな」

賢右衛門は欲惚（よくぼ）けた顔になって、何が可笑しいのか声を殺して笑った。和馬も真顔

に戻ると、

「ともかく、小田原藩に恩を売って損はない。十万石を超える大名だが、このご時世だし、その国柄、海防の考えに長けた藩主の英明さもあいまって、またぞろ幕閣に入るとの話もある。代々、老中を出している家系故な」

「小田原藩に恩を売る……ですか」

「おまえはこれまでも大身の旗本に恩を売ってきた。『播州屋』の名は当然、幕閣も承知しておる。こういう機は、一生のうちにも、なかなかあるものではない」

「…………」

「ただの札差で終わるか、それとも若い頃に抱いていたとおり、幕閣が一目置くような政商に成り上がるか。まさに天王山だ」

じっくりと語る和馬の口車に、賢右衛門はすっかり乗っかってしまった。

手筈はすべて整える――と和馬が約束して立ち去ってから、

「ふん。どうせ、幕府のお偉方が懐を肥やしたいためだろうがな」

と賢右衛門は呟いた。

七

吉右衛門が江戸に帰ってきたのは、小田原藩と話をつけて、大里村の復興への道筋をつけてから数日後のことだった。

初夏でありながら、青葉がくっきりとなるほど暑く、海からの風も強くて、江戸の町通りには粉塵が舞っていた。

「今年はやけに暑いですなあ、和馬様。水売りも足らなくなるはずだ」

帰ってきて早々、吉右衛門は休む間もなく、忙(せわ)しげに夏物の薄手の羽織などを出してきて、和馬に着せようとする。まるで、子か孫を世話する態度だ。和馬は少々、迷惑そうだが、

「吉右衛門。疲れているのに、気遣いは無用だ。うちもそろそろ、若いのをひとりくらい入れないと、おまえの体が……」

「ああ、嬉しゅうございます。そう言って下さると、やり甲斐があります。ほんに和馬様は人の心を温かくしてくれますねえ」

「おい、からかってるのか。皮肉を言っているのか」

「できれば、少しくらいは、お給金を増やして下さいましね」

「それが言いたかったのか。不満なのか」

「とんでもございません、不満なんて。ただ、たしかに体がきつくなったので……そろそろ千晶を嫁にして、和馬様の側にいるのもよいと思いましてな」

「また、その話か……」

「小田原までの旅の間、千晶には世話になりました。良い嫁になりますぞ。高山家の跡取りのことも考えなければなりますまい」

「考えておく。今は頭が痛い」

「たしかに、頭が痛いことばかりですな」

吉右衛門は離れに移って、少し掃除をして、床の間の掛け軸も花瓶の花も、涼やかなものに替えた。茶室もどきがあるので、作法に従って茶を点て静かに飲むことで、心を落ち着かせたいのだが、どうにもワサワサとしたものが吉右衛門の中では続いていた。

「どうした。小田原では話がついたのであろう」

茶を飲み終えた吉右衛門に、廊下から見ていた和馬が訊いた。

「賽は投げられたってところですかな」

「ふむ……札差の『播州屋』も一度は承諾したものの、今のところ二の足を踏んでる。誰かに入れ知恵でもされたのではないかな……」

「上手い話には裏がある。慎重になるのも無理はないでしょう」

「実はな……」

和馬は声をひそめて、

「大菩薩の富蔵なる男が……いや、その男が直に現れたわけではないのだが、当家を探っている節があるのだ」

「名は聞いたことがあります……」

「金貸しだが、きちんと両替商の問屋株を持っているわけではなく、怪しげな商いもしているという噂だ」

「怪しげな……？」

「とはいっても、旗本や商家の財務を預かっており、関八州のあちこちの大名主にも、年貢を減らせる、色々な抜け道を教えているそうな。他にも、大名と大店を結びつけて、何かと面倒を見ているそうなのだ」

「面倒を見るではなく、かけているのでは？」

「上手いことを言うなあ。これも、まだ噂の域を出ぬが、富蔵という男は、水野忠邦様が大嫌いなようで、あんな奴はいずれぶっ潰すと豪語しているそうだ」

「ほう……そんな大物なのですか」

「権威とか権力というものが大嫌いらしいのだ」

「それなら、私も好きではありませんが」

「だが、俺とて旗本の権威を利用しているようなものだ……しかし、富蔵という男は悉く、あらゆる汚い手立てを講じてでも、大名や旗本の鼻っ柱を折り、這い蹲らせるのが好きだとか」

「逆にいえば、権威や権力を気にしているということではありますまいか」

「なるほど。そうかもしれぬが、吉右衛門のように自由闊達な生き様とは違うだろう。ははは……いずれ対決をせねばならぬ男やもしれぬ。気をつけておいた方がよいな」

和馬が真顔で言うと、吉右衛門もしかと頷いた。

「ところで、吉右衛門……『播州屋』が五千両を出し惜しむとなれば、小田原の大里村の湊の話が立ち消えになりかねぬ。そうなれば、徳兵衛のことも難しくなろうというもの……何か良い考えはないかな」

「これしきのことで気弱になるとは、和馬様らしくありませぬぞ」

「だが、このままでは『播州屋』をギャフンと言わせることができない」

「私も同じ思いです。小普請組としては、庶民泣かせの『播州屋』から札差株を取り上げるくらいせねば、やり遂げたとはいえませぬからな」

「札差株を取り上げるくらい、だと……?」

「はい……それだけで済ませるつもりはありませぬが」

なんだか嬉しそうに吉右衛門は笑って、肩をほぐすように首を廻した。

「吉右衛門……本当は何か別の狙いがあるのではないか?」

「どうして、そう思われます」

和馬も吉右衛門を真似て、首をグリグリと回しながら、

「何百回、将棋(しょうぎ)を指してると思っているのだ。よい手筋が見えたときに、おまえは必ずこうして首を回す」

「あはは。ならば、どういう手筋を見たか、考えてごろうじろ」

「そうだなあ……」

腕組みで中庭に目を移した吉右衛門は、小さな池で鯉が飛び跳ねるのを、しばらく眺めていた。鹿威(ししおど)しが鳴り、何処から飛来したか水鳥が小さな祠(ほこら)の屋根に糞を落とした。

「罰当たりが」

思わず和馬は言ったが、吉右衛門はニコリとして、

「物の値打ちを分からぬ者の所業です」

「なるほど……そういえば、野良犬が五代将軍綱吉の駕籠に近づいて、オシッコをかけたという話を聞いたことがある。だが、将軍は叱るどころか放っておいた。事の善し悪しが分からぬからだと」

「はい……」

「だが本当は、〝生類憐れみの令〟を出した手前、そうするしかなかったからだとか。護衛の侍たちも、手出しすることができなかったと」

和馬の話を聞いて、吉右衛門はポンと小気味よさそうに膝を打った。

「不思議なことに、どんな悪党でも、自らに課した決まりは破らないという……ならば、『播州屋』の決め事は何か、調べてみれば次の一手が分かるかもしれませぬな」

「さすがだな、吉右衛門……実は、そのことだが、『播州屋』が自らに課している決まりとは、貸した金は、どのような手段を使っても、利子をつけて取り戻す、ということらしい」

「──なるほど。しかし、金貸しや札差としては、当たり前のことではありませぬか」

「どのような手段を使っても、というのが味噌だ。その手立てとやらには、たとえ殺

してでも……という意味もある」

「待って下さいよ……」

徳兵衛が山中からの帰り道に話していたことを、吉右衛門は思い出した。『飛騨屋』の先代の主人は、妻子を守るために、自死をしたという話だ。先代主人と、札差の『播州屋』とは少なからず関わりがある。

——やはり『飛騨屋』と『播州屋』にはもっと深い関わりが……。

という思いが、吉右衛門に改めて込み上がってきた。だが、もとより『飛騨屋』先代の仇討ちをしようなどとは考えていない。ただ、阿漕な奴は許せないという思いだけは強かった。

「ならば、どんな手立てでも金を取り返すという賢右衛門の気持ちを、揺り動かすことを仕組めばよいのではありませんか」

吉右衛門が当然のように言ったとき、身分の高そうな武士が訪ねてきた。何処かの家中の者のようである。

「高山様。至急、西之丸下の水野忠邦様のお屋敷に参れとのことです」

水野からの使者だった。

すわッ何事かと、直ちに裃に着替えた和馬が駆けつけると、座敷では、水野が恰幅の良い体で苛々と部屋の中を歩いていた。小普請組旗本の中には、公儀の目付のような働きをしている者もいたが、和馬もこれまでの実績を買われて、その任も担っていた。

だが、水野は和馬の挨拶も待たずに、いきなり睨みつけ、

「ぬしゃ、洟らしおったなッ」

と怒鳴りつけた。

「——な、何の話でございましょう」

「惚けるな。棄捐令のことよ。おまえが、そんなにしゃべくりだとは、思うてもおらなんだわいッ」

和馬は恐縮するでなく、かといって反発する態度でもなく、いかにも自然体で水野に対して、落ち着いて語られよと言った。はるかに年下の和馬に諌められて、

——なんだとッ。

という顔になったが、軽く息を吸って、水野は上座に座った。そして、懐から文を出すとサッと投げつけた。

表書きには『訴状』と墨書されている。

「大菩薩の富蔵とか申す者からだ」

「！……」

「むろん、相手はこの儂だ。文面を読めば分かるが、儂の改革が気に入らぬらしい」

後にいう天保の改革では、農村復興のお題目で、農村から逃散した人々を〝人返し令〟によって江戸から追い払い、物価高騰を防ぐために株仲間を解散して、貨幣改鋳で悪貨を広め、奢侈禁止や風俗の取り締まりを厳しくした。ゆえに、自由な風潮を奪われた庶民は幕府に対して、不満が燻っていた。

そういう折に、棄捐令が発布されるということが事前に洩れれば、札差や両替商、あるいは武家に金を貸している大店が暴動を起こさぬとも限らない。

「たしかに、大菩薩の富蔵の一味と思われる者が、私の屋敷を見張っていた節はありますが……訴状とは一体……」

訳が分からないという顔になった和馬に、水野は嗄れ声で言った。

「幕府が旗本の窮状を救うために、棄捐令を発すれば、諸藩も似たようなことをする。そうなれば、武家に貸し付けている大店ばかりではなく、庶民に貸している自分たちのような金貸しも、借金を踏み倒される恐れがある。かような悪法は決して出してはならない。万が一、そのようなことをするならば、事前に江戸市中並びに諸国に喧伝する……そう書いておる」

「…………」

「つまりは、この儂を脅してきておるのだ。狙いは何か分からぬ。だが、少なくとも、おまえが洩らした一言で、こやつの耳にも入ったのは事実だ」

「ですが、私は徳兵衛だけに……水野様もよくご存じの公儀御用達だった『飛騨屋』の主人でございます」

「愚かな……富蔵とやらと繋がっているのは、その徳兵衛とやらだ」

責め立てるように言う水野に、和馬はシタリ顔になって、

「やはりそうでしたか……」

「おまえ、勘づいておったのか」

「小田原城下の飯屋で、吉右衛門は徳兵衛とたまさか会ったふりをして、すでに事を始めております」

「なんだと?!」

「かくなる上は、水野様にも一芝居お願いしなければならないようです」

「どういうことだ……」

訝しむ水野の頭の中では、ガンガンと半鐘を叩くような音が広がった。それは不安とともに、速く激しくなっていった。

第二話　流水先を争わず

一

小田原藩の大里村は、酒匂川の水不足によって、小里村、美野里村、土居村、穴部村、螢田村、足柄村など周辺の村々との間に軋轢が生じていた。

「水とは恐ろしいもんじゃ……昨年は、洪水で田畑を奪い去ったくせに、今度は、水不足で干涸らびてしまう」

人々は天を恨むように空を見上げる毎日だった。少しでも雨が降って欲しいと願うのに、一滴も落ちてこない日が続いていた。

戦国の世は、合戦の原因のほとんどは国境の争いだったが、金山や銀山の在処よりも、水利に関わることが多かった。川を利用できるかどうかで、米の出来不出来が決まるからだ。ゆえに、川上の水源地を確保することは当然で、水域を確保するために、文字どおり命がけで戦をしていたのである。

泰平の江戸時代であっても、事情は同じであった。

仲の良い隣村同士でも、もし干魃になるようなことがあれば、どちらが水を多く利用できるかで、啀み合いになるのだ。水量が多くて、お互いに融通できるときであれば、分け合うことができるが、水不足になれば死活問題だ。鎌や鋤、鍬などを持ち出してきて、武闘に発展することもよくあった。

水田は自然にできたものではない。百姓たちが気の遠くなるほどの長い年月をかけて、知恵と労力を惜しまず、米を作るために発明した〝人工施設〟である。

陸稲もあるにはあったが、水稲がほとんどだったから、確実に田んぼに水を流し込まなければならない。そのためには、河川に堰を造って水を止め、用水路に水を流し、さらに取水口から、村々の田んぼに流す仕組みとなっている。

日本の川は短く急流であったため、自然に流下するから、利用しやすかった。それでも、上流の村が大量に水を使うと、下流域が水不足になることがある。

その弊害をなくすために、流域の村々によって「用水組合」という組織を作り、水路の維持管理などをしていた。円滑な水利用をするためである。用水路に関わる村々いた。

の負担も、〝村割〟とか〝石高割〟というように、公平で平等になるよう工夫されて

しかし、渇水状態になってしまうと、上流の村は水を独占しようとし、下流の村は堰を壊してでも、下流に水を流そうとする。この用水確保のための抗争が過激になれば、社会不安を生み出すから、戦国大名ですら、

――水争いは、用水の法に従うべきで、暴力沙汰を起こした者は、理由の如何を問わず極刑に処する。

と厳しい処分をして、一切の自力救済を禁じていた。そうはいっても、背に腹は代えられない。水を巡る村々の抗争が絶えなかったので、幕府は、

――山や水をめぐる争いにおいて、弓や鉄砲などで武力行使をする者がいたら、住む村全体を厳罰にする。

という戦国の頃と同様の法を作り、水利についての調停は、諸藩の領内の事案であっても、すべて幕府が請け負うことにした。

しかし、幕府直轄地の天領も含めて、河川は複数の藩の領内を流れていることが多い。ゆえに、村と村の問題では済まず、藩同士の複雑な揉め事が湧き起こり、幕府の評定所での闘争に発展することもある。

幕府としては、藩と藩の争いを阻止するための行司役をしなければいけないハメになるのだが、下手な裁きをすれば、公儀の威信を失うことにもなりかねない。事実、多くの訴訟が起きて、なかなか解決ができないために、幕府の信頼は低下した。

しかも、水田のことであるから、一朝一夕に片付くものではなく、地域によって事情も違う。ゆえに、何代、何十年にもわたって、対応するしかなかったのである。

水田は単に米を育てるだけではなく、用水路を利用した漁労や川舟による運送、水車小屋の経営などにも深く関わっていたからだ。水車小屋は、村が営むこともあったが、大抵は、水車業者が行っていた。

麦や米などの穀物を、精米したり製粉したりすることを、水車業者に任せていた方が、農民も作業の手間が省けるからである。その業者は、作物を他の町や村に届けて、売ってくれることもあった。年貢に苦しんでいた百姓にとっては、都合がよかったのだ。

その一方で——治水の問題もあった。

野分きや豪雨による河川の氾濫によって、田畑や住居が流される水害が広がることだ。

江戸周辺では、利根川の流れを変える〝付け替え〟をし、大坂では大和川の流れを大きく変えてきた。

何度も水害に晒されると、当然、作物が収穫できなくなり、農民は困窮し、幕府や藩としても年貢が減る。ゆえに、公費で負担してでも〝付け替え〟を行わねばならなかったのである。

新しく作る川の流域になってしまう村々は、今度は自分たちに水害が及ぶのではないかと、猛烈な反対をする。そうならない地域を選び、土木技術上の問題などを改良しながら、幕府は難儀を押しつけるようになる。〝付け替え〟においては、

――幕閣に登用する。

などと出世話をちらつかせて、色々な小藩に普請を請け負わせた。

一度、公儀普請が決まってしまうと、疑問が残る公共事業でも、強引に押し進めてしまう。本来の自然の姿形を変えてしまうことになるのだが、治水と灌漑のためには、やむを得なかった。しかし、莫大な費用を使って普請を行ってもなお、天井川などを生み出し、新たな被害をもたらすこともあった。

とはいえ、幕府の厳しい御定法により、水利に関しては、訴訟や交渉という地道な行動を積み重ねて〝平和的〟に解決した。武力を使わなかったことは英断であり、村々にとっても、良いことであった。

しかし――。

大里村に関しては、新たな湊の利権や船番所などのこともあるから、周辺の村々からは、不平不満が続出していたのである。

「どうなのだ、庄屋さん。湊の普請は少しずつ進んじゃいるが、完成がいつになるかは、まだはっきり目星はついてないのだろう」

「宇佐蔵さんひとりで、抱えられる事じゃないだろう」

「この際、藩に出向いてきてもらったらどうだね」

「郡奉行様も、村々との争いは必死に止めてる。でないと、お殿様が、幕府から咎(とが)められるからってよ」

「知ったことか。こっちは米は作れず、麦や稗(ひえ)も実らず、食うに困ってるんだ」

「そうだ、そうだ。ただでさえ、去年の甚大な水害で、土地がなくなったのに、湊だの船番所だの話だけは色々出てくるが、ちっとも進まないじゃねえか」

「ああ。まだ先とはいえ、雪解け水に合わせて、材木を上流から流し落としてくる話だって、江戸の材木問屋が独り占めにしたってだけで、筏(いかだ)のひとつも見えねえ」

「どうするんだよ、庄屋さんッ」

「この上、水まで近在の村々に取られちまったら、作物どころか、飲み水だってなくなっちまうじゃねえかッ」

「田畑を失って、首をくった者もいるんだぞ」

「ああ。避難したまま仕事もなく、ろくな援助も藩から来ない。毎日、地獄みたいな暮らしを続けろっつうのか」

「庄屋さん！」

「聞いてるのか、宇佐蔵さんよ！」

しだいに村人の声が荒くなってくる中で、屋敷の縁側に胡座を組んで座ったままの宇佐蔵は、ふうっと深い溜息をついた。

年寄や組頭も村人たちの前に突っ立ったまま、色々な批判を聞いていた。だが、自分たちだけではどうすることもできないということは、村人たちも分かっている。無言になって、みんなから溜息が洩れたとき、宇佐蔵がぽつりと言った。

「そもそも、江戸の人に頼ったのがいけなかったのかもしれねえな」

吉右衛門をあてにしたことを悔いたような言い草だった。

「自分たちの村は、自分たちでどうにかしないといけねえんだ。けど、お殿様だって、借金をこさえてまで、湊造りを始めた。江戸が大普請をするからって、その材木の調達を独占して、金儲けができると考えた……そのことは間違いじゃねえと思う。だが、俺たちの村が再興するよりも、自然が恐ろしく攻めてくる方が早いってことだ」

「そんな泣き言を聞かされたくねえ」

村の若い衆のひとりが言った。

「こちとら小さな子供が何人もいるんだ。田畑を捨てて、城下に出稼ぎに行っている者も大勢いる。水もない、先行きもねえなら、いっそのこと、村をなくしたらどうだい」

「よくそんなことが言えるな」

じろりと宇佐蔵は若い衆を見やった。

「先祖から受け継いできた土地を守るのが、俺たち百姓の務めじゃないのかい」

「その守る土地がなくなったんだ。どうしようもないだろうよ」

「そうだ、そうだ」

別の中年の村人が言った。

「このままでは、倅に百姓を継げなんて言うことはできねえ。娘が嫁いだ隣村に世話になろうにも、余分な食い扶持も土地もねえ」

また違う村人が悲痛な声で続けた。

「うちもそうだ。俺たちゃ、先祖代々、年貢を増やすために、せっせと開墾して田を広げてきたが、凶作になっても、水害で流されても、お上は知らんぷりだ。この際、江戸でも何処でも行って、働くしかねえんだ」

　そうは言っても、農民が自由勝手に村を離れて、江戸で暮らすことなどはできない。無宿者(むしゅくもの)になるということである。それだけは避けたいと、誰もが思っていた。

　何も解決できないまま、村人たちは喧々囂々(けんけんごうごう)と言い合っていると、

「喧嘩はいけませんよ、喧嘩は」

　と言いながら、ひょっこりと吉右衛門が顔を出した。

　相変わらず飄々としたご老体だが、宇佐蔵は地獄に仏でも見たように、

「よく来て下さいました、吉右衛門さん……今日は高山様か、ご公儀の方もご一緒ですか。あれから何度か、小田原藩御家老の家臣の方たちも村まで訪ねてきてくれました」

「それはよかった。ただ、私の主である高山和馬様は所用がありましてな、此度は遠慮しました」

　吉右衛門が軽く頭を下げると、

「ほれ、みろ。どうせ他人事(ひとごと)だから、途中で投げ出すんだよ」

　と若い衆が言ったが、吉右衛門は笑みを湛えながら、

「逃げ出すつもりなら、旦那様は私を使いに出さないでしょう。こんな爺イだけじゃ心許ないだろうから、今日は助っ人を連れてきましたよ。さあさあ」

軽快に声をかけると、屋敷内に入ってきたのは、坂下善太郎であった。小普請組の組頭で、一応、和馬の上役である。小心者で嫌みのある奴だが、利には聡かった。

「遠路はるばる、お疲れになったでしょう」

宇佐蔵がねぎらいの言葉をかけると、坂下は素っ気ない顔で、

「風向きにもよるが、江戸を夜に発つと朝には小田原に着くのだから、運賃は高いが船は楽だな。酒匂川は川船で登ってきたが、座りっぱなしで尻が痛い」

と文句を垂れた。

「吉右衛門さんから、お話はよく聞いておりました。此度のことでも大変、お世話になります」

が、小普請組組頭と聞いて安堵した宇佐蔵は、朗報でも持ってきてくれたかと期待した。

「いや、それがな……」

坂下は公儀の一時的な救済金として、百両ばかりを宇佐蔵に手渡して、

「事業が遅れているせいで、みんなに迷惑をかけたことへの詫び金だ」

と見舞いの言葉も言った。だが、村人たちは納得せず、百両は大金だが、これからの自分たちの先々のことを考えると、不安でたまらないと訴えた。吉右衛門は百姓たちを見廻しながら、

「予期せぬことが起こったのです。私たちの計画を邪魔する輩が出てきましてな」

「邪魔……？」

村人たちは訝しげに見やったが、吉右衛門は一同に、

「色々と話したいことはあるだろうが、まずは水の確保です。そのことを、庄屋さんら村方三役とじっくり話し合いたいので、一旦、引き上げてくれませんかのう」

と頼んだ。

何やら秘密めいた雰囲気になったことに、村人たちは不満の顔になったが、公儀が後で、他にも援助金を足して分配するからと言い、立ち去ってもらった。

宇佐蔵は恐縮して、吉右衛門たちを座敷に招き入れたが、沈痛な面持ちは変わらなかった。村人からの突き上げが、ほとんど毎日のことなので、気持ちが萎えていたのだ。

「あなたの立場も大変だな……だが、ここが正念場と心得てくれ」

吉右衛門は慰めながらも、発憤を促すように言った。

「材木の入れ札をするべきだと、江戸の材木問屋たちが騒いでいるが、それを焚きつけたのは、大菩薩の富蔵という者だ」

「ああ、聞いたことがある……そいつの手下らしき者たちが城下や村々を巡って、決して江戸の材木商に、伐採した木材を売らぬようにと触れ廻ってました。吉右衛門さんがやっていることは、御定法に触れることであり、藩領内の人々に大損をさせるとね」

「江戸でも同じようなことがあり、富蔵とやらは色々な材木問屋に対して、『公儀は入れ札をせずに、特定の材木問屋だけを利するように仕組んでいる。その裏で策略を立てているのは、高山和馬だ』と、ありもせぬ悪評を広げていました」

「しかし、それは本当といえば、本当のことですよね。『川越屋』や『飛驒屋』という問屋だけが扱えるように、したのですから」

「勘違いをしては困るよ、庄屋さんともあろうお方が」

吉右衛門はキッパリと否定した。

「矢倉岳の材木は藩のものであり、それを何処に幾らで売るかは、藩しだいなんです。それが江戸に運ばれて、〝木材〟としての商品になるときに、需要との関わりで、値の高い安いが決まるだけで、普請ではないのですから、入れ札なんてものはありません」

「では、なぜ……」

「混乱させて、公儀を困らせたいだけです」

「何のためにです？」

「この大里村の再興が上手くいくと、大菩薩の富蔵は自分がやろうとしていた謀がすべて無に帰するからです」

「謀……？」

「幕府の台所を、我が物にするという計画ですよ」

吉右衛門の言うことは、あまりにも常軌を逸しているので、宇佐蔵は疑いの目で首を振った。たかだか小田原藩の材木を独占するかしないかだけで、天下の財政に関わるとは、到底、思えなかった。

「それが大ありなのだ、庄屋」

と坂下が割って入った。

「この村に船番所を造るという話は、ただ酒匂川での利権を生むことではない」

「といいますと……」

「西国大名に睨みを利かせる、江戸への関所にする、ということなのだ」

「そんなこと……」

「公儀から金を出させる。いや、公儀を巻き込んで、悪事を暴くといってもよい」

「ますます不安になりますが……」

宇佐蔵は、坂下や吉右衛門の言っていることが、壮大な妄想にしか聞こえなかった。

「ま、今に分かります……酒匂川の水は少ないが、本当なら滔々と流れている……流れる水は先を争わず、という。そういう気持ちで、いようではありませんか」

しっかりと話を聞いて欲しい。そして、村人を説得してくれと、吉右衛門はいつにない険しい口調で言った。とても、ご隠居の風貌とは合わない鋭い切れ味があった。

二

ある夜、和馬の屋敷に、小普請組支配の大久保兵部がふいに訪ねてきた。小普請組支配とは、遠山家など奉行職になる大身と同じ家格、石高の旗本である。しかも、水野の腹心である、浜松藩江戸家老の酒井正盛を連れてきていた。

「此度はどうも……」

和馬はこくりと頭を下げた。

貫禄のある大久保や酒井に比べて、見た目は若い和馬は三下でしかない。水野家は徳川四天王といわれた旗本と同格で、由緒正しい家柄であり、その譜代の家臣である酒井は、和馬のことを明らかに見下し、

「──高山殿……おぬしは、水野様に何か迷惑をかけようとしているのではないのか」

と言った。

「悪い冗談はよして下さい。そんなことは露ほども思っておりませぬ。ただ……水野様が手を貸して下さったとしたら、色々な物事が進み易いかと存じます」

曰くありげな顔で和馬はほくそ笑んで、

「酒井様……浜松藩は、御役目のために年に三千両くらいの拠出をしており、殊に御改革のためと称して、この二年続けて、さらに二千両余り出していますね。老中になるまでにも、幕閣にばらまくために金を沢山出してきた……江戸家老の立場としては、辛うございますな」

と酒井を見た。口ではそう言いながら、小馬鹿にしているような和馬であった。その態度にムカついた酒井だが、ぐっと我慢をして両手をついた。

「おぬしの言うとおりだ……我が藩は承知のとおり、高々六万石の小藩だ。国替えす

る前の唐津より俸禄が減っても、ついてきた家臣も多い」

「そんな大昔の話をされても、何の同情も湧きません。それよりも、次にどうするか、ということでしょう」

「では、高山殿……そこもとの策を聞かせてもらえまいか。我が藩をどう立て直すか。そのためには、どうすればよいか」

ガラッと態度が変わり、縋るように上目遣いで見る酒井に、「はあ？」と和馬は首を傾げた。

「水野様の藩の立て直しなど、知ったことではありませんが」

「おぬしの中間、吉右衛門が只者ではないということは、水野様も承知しておる。此度の小田原藩への働きかけも、幕府のためだと聞いておる。如何なることか、詳細を聞きとうござる」

酒井が下手に出たのを、和馬は白けた目で見ながらも、

「それは簡単なことです。水野様にもお話ししたことがあります。まずは、幕府の財務は、『飛驒屋』や『川越屋』、あるいは札差の『播州屋』など限られた豪商に取り仕切らせるということです」

「しかし、さようなことが……」

「水野様はこれまで、藩の財政を苦しくしてまで、猟官して廻り、老中首座に就いた。将軍の次に偉いんですよ。実質は天下人なんですから、やろうと思えば強引にできるはず」

「しかし、幕閣は合議であり……」

「百も承知です。が、何のために老中首座にまで昇り詰めたのですか。ここで、本物の改革をやらないと、国替えをしてまで、家臣たちを犠牲にしてきた意味がないじゃないですか」

「そのとおりだ……」

「ならば、まずは酒井様が覚悟を決めて下さいまし」

「覚悟……」

「世の中を変える覚悟ですよ。幕府の財政は、どう頑張っても八百万石を超えることはできないんです。それは穫れる米を基にしているからでしょう」

米本位制は幕府財政の要である。凶作があるとはいえ、確実に米が穫れるから、それを金に換えれば財政は安定する。

しかし、商人のように蓄財を目的にして、貯まった金を使うという方法を取れば、金がなくなれば終わり。商売が行き詰まれば、とたんに民百姓が苦しむことになる。

ゆえに、水野の改革も、米経済を守るという旧態依然のままだった。

「では、天下国家の財務を扱うに相応しい豪商は、誰がよいというのだ」

「ひとりでは難しいでしょうな。それこそ、他の者にやっかまれたら、できるものもできなくなる。人の嫉妬とは恐いものです」

「誰なのだ」

「まずは……銭屋五兵衛」

「なんと！　おい。真面目に話しておるのか。〝銭五〟といえば、海の百万石と謳われる加賀の豪商ではないか」

大久保の方が奇妙な声を発した。

「うちの吉右衛門とは幼馴染みらしく、もう色々と頼んでいるらしいのです」

信じられぬ——という表情で、大久保と酒井は顔を見合わせた。

初代・銭屋五兵衛は加賀金沢で両替商や醤油醸造業を営みはじめてから、木材を城に納める材木商にもなり、さらに海運業にも手を広げていた。

今の三代目・五兵衛になって、北前船の中心地であった宮腰に本拠地を置いて、所持している二千五百石もの大船を四、弁才船二百数十隻を駆使して、御用商人として商売を全国に拡大した。さらに、新田開発から密貿易などにも手を出して、加賀藩の財政再建にも尽力した。最も勢いのある豪商、銭屋五兵衛を利用しない手はないと、和馬は言った。

「酒井様もご存じのとおり、〝銭五〟は、蝦夷や択捉でオロシアと交易し、竹島や口永良部島ではエゲレスやメリケンと交流を持ち、清、さらにはずっとずっと南の島には、自分の領地も持っているとか」

「噂には聞いているが……」

「事実です。お武家が金がない、金を貸せと喚いている間に、商人は金を稼ぐために、国禁を犯してまで働いているのです」

「さよう。抜け荷は御法度。加賀藩がよくも黙っているものだな」

「そりゃ、御定法よりも金の方が大事ですから。藩の御手船裁許を貰ってからは、実質上、金沢の御用金を扱っているようなものですから、その権威や権力もただならぬものがあります」

「しかし、加賀一藩のことであろう。百万石とはいえ、幕府の財務を扱うには荷が重すぎると思うがな」

「加賀藩だけではありませんよ。南部や津軽をはじめ、幾つもの藩に御用金を調達した実績がある。それに、誰が、〝銭五〟ひとりに背負わせると言いました?」

「なに……」

「五兵衛はすでに隠居をしてますが、蝦夷から奥羽、この江戸、そして京、大坂、瀬戸内、西国、薩摩藩とともに奄美から琉球などとも交易をしており、その各地の豪商と固くて強い絆を結んでおります。当然、諸藩の大名との深い繋がりがあります。それを、幕府が利用せぬ手はありますまい」

「しかし、高山殿……おぬしは、〝銭五〟のことを呼び捨てにしているが、それほど昵懇だというのか」

酒井の問いかけに、和馬はあっさり「まさか」と笑った。

「話にならぬではないか」

「ですが言ったでしょ。吉右衛門とは幼馴染み。しかも、吉右衛門の方が兄貴分だとか」

「…………」

「『銭屋』は、越前朝倉家の末裔だと名乗っていますが、それゆえ初代から、加賀藩と深い繋がりがありました」

「そういえば……」

「諸国の廻船問屋や米問屋、両替商など、商売の大元になる問屋という問屋を、金にものをいわせて買収したり、あるいは競争させて生き残りをかけさせた。その手法は五兵衛の得意とするところ。だから、〝銭五〟は腹の中で、諸藩の金をぜんぶ扱う、その仕組み作りをしているに違いない」

「諸藩の金を……」

「そのために、数年前に隠居して、諸国を行脚しているのですぞ。そのことを、吉右衛門は当然、知っており、手助けをしています」

「――おいおい……俄(にわか)には信じられぬが、たしかに吉右衛門が高山家に来てから、おまえもなんだか人が変わったように……」

和馬の顔色を窺(うかが)いながら、大久保がそう言うと、

「どうぞ。吉右衛門に直(じか)に相談して下さい。そうすれば水野様にも、天運が巡ってくるというものです」

と和馬は、酒井に向かっても意味ありげに微笑んだ。

「つまり、水野様は〝銭五〟と組むことで、幕府の実権をさらに強固なものにし、財務の仕組みを変えて、栄耀栄華を極められるってことです」

「ま、まことか……」

「はい。酒井様」

妙に人を惹きつけるものが和馬にはある。吉右衛門とは違った雰囲気だが、人の欲望を真っ正面から引っ張り出す能力にかけては、和馬の方が一枚上かもしれない。

大久保と酒井は改めて、和馬の目の輝きに魅入られていた。

三

その一月余り後——江戸沖に馬鹿でかい船が停泊し、無数の艀が鉄砲洲との間を往復していた。

海面が埋め尽くされるほどの荷船を眺めていた吉右衛門は、真っ青に広がる沖合に、帆を下ろしている船に思わず手を振った。

「いつ見ても、気持ちがよいですなあ、和馬様」

吉右衛門は隣に立っている和馬に声をかけた。

「私は船を見るのが大好きだし、乗るのも大好きです。できれば、〝銭五〟のように諸国を巡り、異国にも行ってみたいものですわい」

近づいてくる艀の舳先に、風を受けながら、両足を踏ん張っている金刺繍の羽織姿は、誰あろう銭屋五兵衛であった。古希目前の老体ながら、壮健ぶりは遠目にも分かる。

「五年ぶりか……」

吉右衛門はぽつりと呟いた。

船着場に接岸しそうになったとき、五兵衛はひょいと艀から飛び降りた。近くで見ると、意外に大柄で、真四角な顔だちは頑固な意思の持ち主であろうと、和馬は思った。

「おう、吉右衛門。出迎えとは畏れ入った。なぜ、俺が来ることを知っていたのじゃ」

「勘ですよ」

「なに、勘……とな。おまえは、人の勘というものが一番、あてにならぬといつも言うていたではないか」

「五兵衛のことだけは別です。近くにいると、血が騒いでくるもので」

「嘘をつくな。誰か手の者に、俺の動きを探らせていたか。息のかかっている諸国の問屋筋には、おまえの耳役もいるのは、百も承知しておる」

「ま、そういうことにしておきましょう」

「ふん。よう言うわい……では、さっそく腹ごしらえをしたい。何日も船に乗っていると、ろくなものを食うておらんからのう」

「では、江戸で一番の料亭で……」

吉右衛門は、五兵衛を労るように手を差し伸べると、素直に手を握り返した。以前ならば、余計なことをするなと振り払ったものだが、さしもの五兵衛も少しばかり体が衰えたかなと、吉右衛門は感じた。

「駕籠を用意しておりますから、どうぞ」

歩くことが一番、好きな五兵衛だが、これにも素直に従った。吉右衛門は丁寧な言葉遣いだが、「俺おまえ」という仲だというのは、和馬にもよく分かった。

久しぶりに会った吉右衛門は、いつものようにいきなり意味もなく怒鳴りつけられるのかと思ったが、予想外の態度に肩透かしを食らった。だが、これは芝居かもしれぬという、余計な思いが過ったのも事実だ。とまれ、駕籠は担がれて、エッホエッホと動き始めた。

五兵衛が連れてこられたのは、高山家の屋敷であった。

「なんだ……江戸で一番の料亭ではなかったのかい」

と五兵衛はがっかりした口調だったが、枯山水や茶室など質素な庭には感服して、

「いかにも吉右衛門らしい趣で、趣向は悪くない」

「高山家は代々、倹約を旨としてましてな。いつもはもっと小汚いのです」

吉右衛門が言うと、傍(かたわ)らにいる和馬は、

「小汚くて悪かったな。しかも窮屈で、庭は雑草だらけだし、いつもは近所の貧乏臭い連中も押し寄せておる……と言いたいのだろう」

「はい、そうでございます。ですから、慌てて掃除をしました」

軽く返した吉右衛門は、五兵衛を下にも置かず、

「しかし、当代一の江戸の料理人に来てもらってますから、まずは懐石料理でも食して下さい。なんなら、芸者衆も呼んで、謡(うたい)や舞(まい)もたんと楽しんでもらいましょうかな」

「そういう接待は飽きてる。もっと気の利いたことはできんのか」

五兵衛が呆れ顔になったとき、

「私もそう思いますな」

と、もっさりとした関取のような大柄な中年男が、奥の座敷から現れた。五十半ばの日焼けした男で、手首の太さや節くれ立った指は、野良仕事で鍛えられたように見える。

「先客がおられたか」

六尺を超える大柄な体軀を見て、五兵衛が驚くと、その男は快活に笑って、

「会えるのを楽しみにしておりました、銭屋五兵衛様。私は、二宮尊徳というものです。どうぞ、お見知りおきのほどを」

「おお、あなたが……吉右衛門から色々と聞いております」

「どん百姓の頑固者だと？」

「まさか。人生の師と仰いでおるとな」

「これは面映ゆい。吉右衛門さんのことは、若い頃から知ってますが、実に考えが豊かで自由自在だから、こっちの方が随分と勉強になります」

「こいつが役に立つことなどありますかな」

五兵衛がからかうように言うと、尊徳は素直に、役立つことばかりだと話した。

「下野の桜町領で開墾をしていたときのことですが……ええ、ここは小田原藩主の分家の知行所がありましてな……開墾をしたとき、農民から反発があったのです。そこで、トンズラをこいて、成田山で断食をしたのです」

「断食……」

「はは。まあ、死ぬほどの断食ではありませんが、そうしろと、吉右衛門さんが言うものでしてな。その修行ぶりを知って、村人たちから信頼を得たのですが、吉右衛門

さんの考えです。村人に対して、いかに真剣に立ち向かっているかを〝見せる〟のも術だとな」

嬉しそうに笑う尊徳に、五兵衛もさもありなんと頷いて、

「たしかに、吉右衛門は〝人たらし〟のところがあるが、その算盤ずくのところが、俺はどうも好きになれん。商人にとっては、信頼が第一」

〝銭五〟商訓三箇条には、「世人の信を受くべし」「機を見るに敏なるべし」「果敢勇断なるべし」とある。単純明快だが、いかにも諸国を巡り廻っている商人らしい信条だ。

「戦国武将のように、騙し合っていては、商売はできませんからな。もっとも、高山家の先祖の方々は戦国武将としては、嘘が嫌いでまっすぐな人たちだった。それゆえ、信長に毛嫌いされたのでしょうがな」

「これまた古い話を……」

口を挟んだのは、和馬だった。三人の老体に囲まれていれば、いかにも軽薄な若造にしか見えない。

吉右衛門はすぐに言い返した。

「五兵衛に、算盤ずくと言われたくないですな。おまえほど計算高い人はいない。い

え、決して悪い意味ではありませんよ。朝鮮との抜け荷の一件では、対馬までは日本人の格好、そこから先は朝鮮人の衣装をまとってやっていたとか」

「当たり前のことだ。国禁を犯しているのだからな。バレたら首が飛ぶ。ふはは」

豪快に笑うと、尊徳も大声で腹を抱えた。一瞬にして、お互いの気心が知れたようである。むろん、吉右衛門もそうなることは百も承知で、ふたりを引き合わせたのだ。

「で……？」

五兵衛が真剣なまなざしに戻って、

「美味い飯を食う前に、おまえの魂胆だけは知っておきたい」

と吉右衛門を見据えた。尊徳も同じ気持ちであったが、口には出さずに、ふたりの様子を傍らで見ていた。

「これから、幕府と喧嘩をします」

事も無げに吉右衛門が言うと、五兵衛は表情を変えぬまま、理由を聞き返した。

「実は、私はこれまで、水野越前守が老中首座になるまでを、支えてきました。むろん、金ではなく、ものの見方や考え方を伝えてきたつもりです。この人なら、この国を変えることができるのではないかと、思ったからです」

「だが、当てが外れた……」

「そうは言いませんが、改革改革と言いながら、旧態依然のことばかり」

「仕方があるまい。奴は出世するのが目的であって、世の中を変えたいのではない。良くしたいのでもない。加賀藩の勝手方御用掛の奥村栄実（おくむらてるざね）様の方が、何倍も立派な御（ご）仁（じん）だと私は思うぞ」

「では、どうしたらよいと思いますか。幕府の財政の悪化は」

「俺の知ったことじゃない」

「しかし、加賀藩の窮地を救ったのは、まぎれもない五兵衛ではありませんか。今度は、私にご教示下さい」

「今度は……？」

眉根を上げた五兵衛の目には、少しばかり不快な色が浮かんだ。

「おまえの言い草じゃ、俺が恩返しでもしなければいけない立場のようだな」

「そのとおりです」

屈託のない笑みを洩らして、意見を忌憚（きたん）なく述べるように、

「海運業は、五兵衛が四十歳くらいになって始めたものですよね。先代が手を付けたけれども、本業が疎（おろそ）かになって傾きかけたとき、質流れの船を調達したのは私の親父です。そして、金沢の外れの宮腰の湊に、それこそ腰を据えさせて、北前船に便乗す

ることを手配したのも親父です。その船で、米の売買をすることで、加賀藩の米蔵を預かるように道筋をつけたのも、親父です」

「まあ、そうだが……色々な危険があって、己が才覚で販路を広げ、身代を大きくしたのは、俺自身だ。その自負もある」

「私は恩返しを求めたのではありませんよ。おまえが支えた……いや、仕えたといってもいいでしょう、加賀藩御用掛の奥村様の手法を、水野様に教えて欲しいのです」

「奥村様は成功したとは言い難いが？」

「たしかに、そうかもしれません。そもそも、藩主・重教（しげみち）公のとき、銀札の発行が失敗の原因でした。二十五年を期限としてやりましたが、藩の赤字は、一年の実入りに相当するものでしたからね。銀札への信頼は、出したとたんに、失墜しました……五兵衛の言う信頼は、一瞬にしてなくなり、物価がわずか半年の間に、四十倍も高騰しましたね」

「殿はまだ十四の頃だ。殿のせいではなく、取り巻き連中が馬鹿だったのだ」

「しかし、奥村様は、藩士たちの俸禄の〝半知借り上げ〟をしたり、借金の担保にした俸禄は差し押さえできなくし、町人同士の借金は無利息にしたり、すでに払った利子は元金から引いたりして、町人や農民が抱えている借金を減らすことを実行しましたね」

「まあな……」

「豪商が取得していた田畑も村に返済させ、結果として自作農が増えました……幕府が武士の借金をチャラにするのとは、まったく逆の発想です」

幕府が予定している棄捐令などは、庶民を混乱と困窮に陥れるだけであるから、まずは町人や農民を助ける奥村の考え方こそが大切だと、吉右衛門は言った。しかし、五兵衛は首を振って、

「甘いのう。それで、すべて上手くいったわけではない。藩の財政というのは、とどのつまりは、百姓から取り立てる年貢から成り立っている。いずれ、また農民が苦しむことになるのだ。物価が上がれば、窮民救済どころではなくなる」

「ですから、それは米を中心に経世済民を為そうとするからです。やはり、金ではないですか……金が廻らなくなったら、もはや幕府でも、どんな大藩でも立ちゆかなくなります」

吉右衛門が責め立てるように言うのへ、五兵衛は半ば呆れた顔になって、

「だから……俺にどうしろと言うのだ。この年になって、一文の儲けにもならぬことは、したくない」

「逆でしょう。貯めた身代をあの世に持っていけるわけじゃなし、子孫に美田を残しても決して良くない。世のため人のために使うからこそ、稼いできた金が生きるのではありませんか？」

「ふむ。結局は、たかるつもりか」

「五兵衛の身代は一千万両あると聞き及んでおります。幕府の借金と同じです。その身代ぜんぶ、幕府の借金返済のために、使ってくれませんか」

「なにをバカなッ……」

「本気です。でも、まあ……尊徳様も来てくれたのですから、今宵は善後策をゆっくりと話して下さいませんか。でないと……」

「でないと？」

「世の中から、後れを取りますぞ」

「後れを、な……」

五兵衛が一番気にする言葉が、「世の中から後れを取る」だった。自分が最先端を走っていないと気が済まなかったのだ。

「私は、薩摩の側詰(そばづめ)兼務の家老である、調所(ずしょ)笑左衛門(しょうざえもん)様にも助けを求めております。幕府や水野様を支えるためではなく、新しい世の中の仕組みを作る……ということで」

「調所様か……」

目を閉じた五兵衛は、小さく頷いた。薩摩では、〝お金方〟という偽金造りと、〝唐物方〟という抜け荷のふたつが、財政の要である。その知恵を授けたのは、他ならぬ五兵衛であり、海に面している諸藩は、同様のことを少なからず行っていたのである。

吉右衛門は五兵衛を凝視して、

「国禁である異国との交易を、日本中でやれば、よい話なのです。とはいえ、今は、水野様でも無理でしょう。ですから、いつの日か、そうなったときに、一気呵成に交易ができるように、その道筋を作っておくのが、五兵衛……おまえの務めだと信じてます」

と断言した。

「なるほど……『子曰く、過ちて改めざるを、これ過ちという』だな。いや、水野様は過ちにすら気づいておらぬ。教えてやらねばならぬな。少々、痛い目に遭わせても……」

傍らで聞いていた尊徳は、なんだか愉快そうに笑った。

四

数日後、高山家には、和馬を中心に、吉右衛門、『川越屋』利左衛門、『播州屋』賢右衛門らが集まっていた。その後の調べで、利左衛門と賢右衛門は利害が一致することが分かり、和馬の説得で二人とも手を貸すことになったのだ。それぞれが丹念に調べ、敷いてきた布石を基に話し合っていた。

「まずは、大里村の窮状をどうするかだが、上手くいきそうか」

和馬が訊くと、吉右衛門は頷いた。焦眉(しょうび)の急(きゅう)の事態として取り組んできたものである。だが、自然の災害には敵(かな)うわけがなく、それゆえ計画をしていたことが頓挫しているのだ。しかし、ここで諦めては、田畑だけではなく、人心も荒廃することになる。

——なんとかせねばならない。

と吉右衛門はいま一度、心に誓うのだった。

「志はいいけれど、吉右衛門さん。私にはずっと解せないことがあるのだ」

利左衛門が重い声をかけた。

「私たちに隠していることはないかい」

「隠してること？　そんなものがあるわけがありませんよ」

「なら、いいんだがね。村を助けるためだけとは思えないのだがね。何か他に狙いがあるのでは……」

「考えすぎだよ、利左衛門さん」

と賢右衛門が口を挟んだ。

「私たちは、金を稼ぐために働いているのではなく、金に〝稼がせる〟ために尽力しているんだ。ご公儀だって、金がなきゃ動きようがないんだから、私たちを利用するしかあるまい」

「だが、その先は……うまいこと利用するだけ利用して、私たちを背中からバッサリってことになりかねない」

利左衛門が皮肉っぽい口振りで言ったが、吉右衛門は首を振り、

「そうならないように、水野様に丁寧に話してきたのです。そうでしょ、和馬様」

と言うと、和馬は頷いたが、賢右衛門は札差らしい目つきで、

「いや、むしろ、水野様の方が高山様を利用しようと考えたようですよ。私たち札差より悪知恵が働くと思ったのでしょうかね」

と本音を語った。すると、利左衛門ももっともだと同意し、

「戦国武将でも、用なしになった軍師は捨てられ、新たに雇うものだが、そろそろ高山様も運の尽きというところですか」

いかにも癖のありそうな商人の言い方だった。

「お二方とも、本当はそんなこと思ってもいないでしょ」

今度は、吉右衛門が口を出した。小田原城下や大里村、さらにはその周辺を巡って、水利さえ元通りになれば、村々は以前のように仲良くできるに違いない。しかし、干魃が続くようなことがあれば、大里村だけではなく、小田原城下までもが貧困にあえぎ、さらに借金をせざるを得なくなる。

干魃が続くか、村々が抗争を始めて、今般の計画が頓挫(とんざ)してしまうことを、大菩薩の富蔵は願っているのだ。そこに付け込んで、小田原藩に借金をさせることができるからである。

「富蔵って奴に、何千両、何万両もの金が出せるのですかね？」

利左衛門がそう訊くのも無理はない。凶作続きのこの時代、幾ら蓄財している〝銭五〟のような豪商でも、そうそう公儀のためとはいえ、金を出すことはできまい。ただ、その先に莫大な利益があると思えば、〝投資〟するものだ。

先物取引を最初にやったのは、紀伊國屋文左衛門だといわれているが、それは組織だってやったのであって、類似のことは商人の間で営まれていた。例えば、棉花や菜種、紅花などの生産の予想がしやすい作物について、金を集め、その後、商家が買い取る仕組みである。

つまり、農作物を商品にしていたのだ。さらに、棉ならば糸にして布に織り上げたり、菜種を精製する作業まで村でやることで、新たな商品を生むことになった。その技術を伝えることで、村は単なる作物を作る場ではなく、商品を生む問屋になってきたのだ。

ゆえに、商人の中には、村に無担保で金を貸し付け、出来上がった作物や商品化したものを引き取る方法も取られた。町人が小作を経営することもよくあったことだ。いわば、俸禄を貰って野良仕事をしているようなもので、凶作などの危険は商人側が持つという仕組みである。

そのやり方に、農民として良いのかどうかという議論はあったが、村々はそれぞれ独立した地方行政区のようなものである。村方三役が村人の意見を取りまとめて、村掟を決め、村の運営を決めるのだ。

豪商は、豪農が組むことで、小作地を経営するという発想で事業を展開し、金融業も広げていった。農民が安心して、農作業に専念できるから、気持ちの上では楽だった。

「しかし、それでは……百姓を金で縛ることにならないか？」

利左衛門が言うと、もっともだと賢右衛門は頷いたが、

「でも、よく考えてみなさいな。年貢を払っているのは、百姓だけだ。その百姓が払うべき年貢を、豪商が払い、年貢として使う米作りをさせる」

と札差としての見解を述べた。

「代官に成り代わって、豪商がやるだけの話ではありませんか。金儲けに徹するぶん、余計に苛斂誅求（かれんちゅうきゅう）が起こるのではないか？」

「だからこそ、商人に徳が求められる」

「私が一番、信じていないものです……事実、『飛騨屋』徳兵衛には酷い目に遭った。その上、息子まで誑（たぶら）かされそうになり……」

賢右衛門は「えっ」となったが、利左衛門の気を落ちつかせ、

「栄吉とおさえは本気で惚れ合っている。夫妻にしてやるのが一番だと思う」

「しかし、相手は『飛騨屋』の……」

「先代の娘だ。徳兵衛とは関わりない。この二人のためにも、徳兵衛を懲らしめねば

ならぬと思うがな」

「ええ……」

「徳兵衛はそれこそ、大菩薩の富蔵と思われる。なんとしても罠に掛けねば、悪をのさばらせるだけだ」

「そうですな……」

吉右衛門が一同を見廻しながら言った。

「弱みを見せたら、おしまいです」

「ああ、こっちも何度か騙されそうになったことがあるのでね……」

利左衛門も真摯な顔になって、一同を見廻しながら、

「今の世の中、実質、商人が動かしている。しかし、相変わらずお武家は、権威と権力をひけらかして、到底、無理な政事をしているのだから、財政が破綻しても仕方がない。それをまったく改めないで、ツケを庶民に廻すのは、自分たちは楽して金が入るからだ」

「ですな……」

その点については、天領米を扱っている賢右衛門も納得した。今時、剣が強いだけでは生きていけないからだ。しかし、一方で未だに、武の力で町人や農民を押さえ込

んでいるのは事実だ。その社会状況を変えない限り、幕府や藩の赤字は消えるわけがないと、誰もが思っていた。

「でしょう、高山の若旦那……」

賢右衛門は真剣な顔そのものになって、

「私はね……世の中を変えられるのは、金だけだと思っているんですよ。もちろん、金を持った者の心がけ次第ですがね」

「たしかに心がけが一番大切ですな」

「――過日、吉右衛門さんが、加賀の銭屋五兵衛さんを説得しようとしたそうですが、無駄でしたな。おまけに、二宮尊徳さんですら、金だけでは変えられぬと、キッパリと手助けを断ったとか」

呆れたように賢右衛門が言うと、和馬は当然だと頷いて、

「さもありなん。誰が汗水流して稼いだ金を溝に捨てるものか」

「溝に捨てる……」

「そうではないか。俺も小普請組ゆえな、色々と世間というのを見てきた。侍というものは算盤を弾きたがらぬ。無駄があっても、知らぬ顔だ。どうせ、百姓が稼いだもののゆえな」

「そこを変えると言っているのです。自分のためではなく、世のため人のために」

今度は吉右衛門が口を挟んだ。

「まあ、いずれ結論が出るでしょう。徳兵衛の方は私にお任せあれ。上手く事が運んだ暁には、一同打ち揃って、アッと、諸手を挙げて見得を切ってみせましょうぞ」

芝居がかった声になると、吉右衛門は上半身だけで六方を踏む真似をして見せた。

五

「――藩札……とな」

水野忠邦は首を傾げて、手元にある小田原藩の藩札をまじまじと見た。

西之丸下の拝領屋敷である。宵闇に包まれたとたん、雷雨となって、稲光と轟音が繰り返し屋敷に迫ってきていた。

眩しい光が一瞬、水野の顔を照らした次の瞬間、バリバリッと何かが落ちたかのような激しい音がして、地響きまで起こった。それでも、水野は手にした藩札を見ている。短冊ほどの大きさの厚い程村紙だがぼろぼろで、額面や札元の商人の名、発行時期や引替所などの文字や朱印もぼやけていた。

「ふむ……」

唸る水野の前には、和馬が控えており、

「ご覧のように、透かしや隠し文字、七福神や富士山の絵、神代文字なども書かれてますから、偽造などできず、どの藩が出したものでも、大抵はまっとうなものです」

と言った。

「幕府が許した藩札は出すことができる。当たり前のことを言うな」

藩札とは、金札、銀札、銭札、米札などの総称で、諸国の藩が、領内に限って通用を認める紙幣であった。大概は、銀建てだから、銀札がほとんどだった。

幕府が発行する金貨や銀貨が、そのまま使われるのは、江戸、京、大坂のような大きな町か天領だけであって、諸藩の藩士や領民たちが使うのは、藩札と少額貨幣のみであった。藩が金貨や銀貨を使うときも、藩外との取り引きがほとんどだった。

つまり、藩内では、領主への上納金や商人同士の決裁でも、〝札遣い〟といって、ふつうに使われていた。余所から来る商人や旅人などでも、札会所などで藩内の銀札に換えさせていた。

もっとも、藩札を発行するのは、領国の財政が逼迫して、正貨の流入が少なくなったときに、貨幣不足を補うためだった。領民救済や貸し付け原資の確保、貸付利息の獲得と財政立て直しに使われたが、とどのつまりは、藩による領民からの借金である。

幕府により、藩札の発行は正貨の二割程度の発行と決められてはいたが、保有貨幣と藩札の交換が滞(とどこお)ると、〝札騒動〟という、元々の金を取り戻そうとする〝取り付け〟が起こる。一旦、そういう状況になれば、藩札に信用がなくなって、ますます藩の財政が悪化する。藩札は元々、財政赤字の補塡のためだから、

――ただの紙切れ。

になってしまうこともあるのだ。

「そのような藩札を、もっと増やすよう、諸藩に認めよ、というのか」

「まあ、そういうことです。九州では、他藩でも使うことができるよう、お互いに藩札を融通し合っているところもあります。要するに、いつでも金銀と交換できる信用さえあれば、藩札は実に有効なのです」

「幾らでも刷れる、というわけか」

「はい。無尽蔵に……」

「しかし、幕法でも、正貨との割合が決まっておるゆえな、勝手次第は許さぬ」

「そんなことを言っているときではありませぬ……水野様は、一体、どれほどの藩札が出廻っているか、ご存じですかな？」

「むろんだ。今年だけでも、二百五十万両余りだと聞いておる」

「そうです。積もり積もって、三千万両……これは実に大きな額で、万が一、〝札騒動〟が起これば、飢饉による一揆どころの騒ぎではなくなるでしょうな」

「だからこそ、藩はきちんと見定めて、管理しておるのではないか」

「少々、鈍いですな、水野様……」

上目遣いになって、和馬はわずかに口許を引き攣らせた。

「それができてないから、どの藩も赤字続きで汲々としているのです。ですが、幕府だけは違いますな」

「……金座で、好きなだけ金を作れというのか」

「………」

「それは無理な話だ。年間の発行高は決まっておるし、増やせば増やしたで、金銀の含有量を減らしてしまい、貨幣の値打ちが下がってしまう。悪貨を出すことは、許されまい」

「誰が、金座で小判を作れ……なんて言いました?」

和馬は鼻息を洩らして、水野を見据えたまま、意地悪そうに笑った。いや、鬼夜叉でも乗り移ったかのような目になって、

「幕府も〝幕府札〟を出せばいいのです」

「む？　どういう意味だ」

「いや、幕府札というよりも、〝徳川札〟といってもよいかもしれませんな」

「徳川……札……」

目を丸くした水野に、和馬は大きく頷いた。

「水野様もご存じのとおり、藩札というのは、藩の勝手方が出すものと、藩の御用達(ごようたし)商人が札元(ふだもと)となって出すものとがあります」

「…………」

「まあ、近頃は、概(おおむ)ね、御用達商人が出すことの方が多いですがね。交換するときの信頼が、藩よりも商人にあるということですね。だから、藩としても名のある豪商に請け負わせて、藩札を出させてる。大坂の豪商が成り代わっている場合もあると、ご承知でしょう」

「むろんだ」

「藩札の発行権を、豪商に負わせているように、〝徳川札〟なるものを江戸や大坂、京、名古屋(なごや)、堺(さかい)、博多(はかた)などで使えるようにすれば、資金繰りに苦しんでいる商人たちが、たちまち活気づきます」

「……………」

「幕府が続く限り、〝徳川札〟は、最強の〝藩札〟となるのです。各藩とて、藩主が兌換（だかん）の責（せき）にあるのと同じように、徳川家の三つ葉葵が後ろ盾にあれば、誰もが信用しますでしょう。当然、諸藩でも通用する〝札〟になること間違いなしですぞ」

真剣に語る和馬の目を見ていて、水野は悪霊にでも取り憑かれたように体が震えた。恐ろしいというよりは、この前に会ったときよりも、頼もしく感じていた。

「たしかに……倹約と風紀粛正、新田開発だけでは、限りがあるな……」

水野は改革の断行のために、自らも含めて幕閣や幕臣の腐敗や無気力の取り締まりを強化してきた。さもないと、〝三日法度〟と公儀のことを馬鹿にして、決まりを守らなくなるからだ。

――どうせ、お役人は何もしない……。

という思いが庶民にはあって、自ら襟（えり）を正すことなどなかったからだ。

しかし、水野は役人の態度を変えさせた上で、農地に対する厳しい法も次々と打ち出してきたのである。〝人返し令〟もそのひとつであるが、評判は悪かった。相変わらず農村は借金が重なり、町人たちの間での流通や消費も滞った。

それだけではない。江戸、大坂、京はもとより天領津々浦々の農民たちに対して、百七十余りの法を出した。徹底した倹約令を断行するため、倹約生活を強い、商人の売り物や値段、店賃から地代に至るまで、事細かく監視したのだ。

たしかに利子や物価は下がったが、そのぶん賃金が下がったので、暮らしは却って苦しくなり、銭相場も下落して、庶民は悲惨な状況になっていた。

「ですがね、水野様……〝徳川札〟を出すことによって、天領でも、江戸や大坂でも、人々は楽になる……と思いませんか。〝徳川札〟で一千万両に相当する借金を返済しておけば、人々はそれを使えるわけですからな」

「うむ。たしかに、その考えは面白い」

水野が扇子で膝を打てば、「そうでございましょ？」と和馬は答えて、すぐにでも実行に移すべきだと提言した。

「——高山……おまえ、人が変わったようだな。この私に悪事をせいというのか」

「立派な施政でございます」

「しかし、前代未聞のこと。他の幕閣連中が納得するかどうか……堀田や土井など、足を引っ張る連中は、ぞろぞろおるゆえな」

「まずは、上様のお許しを得るのがよろしいでしょう。なにしろ〝徳川札〟ですから。その上で、前にも話しましたとおり、御用商人ら豪商を使えばよいかと存じます」

なぜか余裕の笑みを浮かべた和馬を見て、水野は身を乗り出すように訊いた。

「豪商、な……」

「この前、話した銭屋五兵衛ですが、改めて、うちを訪ねてきました」

「なに、〝銭五〟が……」

「すでに隠居同然の身ですが、丁度、江戸に来ておるので、一度、水野様ともお目にかかりたいとか」

「まことか……たしかに、おまえから〝銭五〟は、吉右衛門と昵懇と聞いてはおるが」

水野が疑り深い目になるのへ、和馬は笑いを嚙み殺して、

「もし、水野様にその気があるのなら、〝徳川札〟の札元になってよいと。五兵衛さんも、似たようなことを考えていたとか」

和馬はキッパリと言った。

「加賀藩を立て直した銭屋五兵衛ですからね。北前船で立ち寄る他藩にも頼まれていたようですが、一番、大変なのは幕府。それさえ、立て直せば、他にも大きな波紋が伝わるだろうと、五兵衛さんは言ってました」

「ふむ……一度、会うてみたいものだ」

「やはり人物が違いますな。立派ではありましょうが、一癖も二癖もありそうでした」

「それは、実に頼もしいのう……」

欲で突っ張ったような顔つきになった水野は、目を燦（きら）めかせて頷くと、

「すぐにでも会いたいと伝えてくれ。〝銭五〟が乗り出すということは、おまえが言っていたとおり、諸国の豪商が乗る。大坂の鴻池（こうのいけ）や泉屋（いずみや）も絡んでくるであろう」

「でしょうな」

「さすれば、棄捐令もやらずに済むし、町人や領民に不人気の倹約令なんぞ出さずとも、金で解決できるやもしれぬ……むふふ。であるな、高山」

「はい。ですが、その前に……」

和馬は膝を叩いて、確かめるように言った。

「札元は銭屋五兵衛で結構ですが、それを扱う札会所は、私に任せてもらえませぬか」

「なんだと？　何故じゃ」

「それは……交換するだけで、金になるからです。私はこれまで、微禄ながら、貧民救済をしてきました。しかし、それは自己満足みたいなもの。大きく儲けて、真の人

助けをしたいのです」

懸命に訴える和馬に、水野は呆れた顔を向けて、

「大層な心がけよのう」

「まさか……武士は何も作らず、何も売らず……ですが、右の物を左に移しただけで儲けになる。正貨と藩札を交換するだけで実入りがある。これほど、よい商売はありますまい」

「さようか。〝徳川札〟が実現した暁には、容易なことだ。任せておけ」

自信満々に水野は、何度も何度も頷きながら手を打ったり、虚空を仰いだりして、

「これはいい。実にいい。でかしたぞ、高山。世の中がアッと驚くに違いないわッ」

と楽しそうに大笑いした。

六

水野が幕閣を説得し、〝徳川札〟を作ることが決定したのは、そのわずか十日ほど後のことであった。

その間に、水野は銭屋五兵衛と会い、色々な議論を尽くしたという。厳しい庶民の

暮らしを回復し、幕府の多大な借金を見直すためには、〝徳川札〟は和馬が言うとおり、最も有効だと思われた。むろん、棄捐令も出さずに済む。

「すべては、おまえの采配どおり……うまくいけば、小普請奉行や勘定奉行に大抜擢してもよいと、殿はおっしゃっておるぞ、高山殿」

浜松藩江戸屋敷に招かれた和馬は、家老の酒井に手厚い接待を受けていた。

同席している銭屋五兵衛と二宮尊徳も、幕府が陥っている窮地について語り合い、いかにして庶民を救うかということを懸命に相談していた。この場には、吉右衛門と共に小田原大里村のことで尽力している徳兵衛が同席していた。和馬の計らいである。

酒井は真摯な態度で、一同の話を聞いていたが、心の中では、

——そんなことは、どうでもよい。金さえ集まれば、それでいい。

と思っていた。

「ところで、酒井様……〝徳川札〟は、いつ頃、発行するのですかな」

和馬が訊くと、酒井は声をひそめて、

「まだ内聞に願いますぞ。先に洩れてしまえば、幕府の蔵が危ういのではと、諸藩も勘づいてしまうゆえな」

「隠さなくても、どの藩でも分かっていると思いますがねえ」

「幕閣が承知したとはいえ、前例がないゆえ、慎重に事を運びたいのだ」

「慎重に……」

「そりゃ、そうだろう」

五兵衛は当然のように言った。

「札元は私だからな。いわば、先物取引のようなものだ。暴落しては困るし、高騰し過ぎても困る。適正でないと取り付け騒ぎが起きて、大損してしまうかもしれないからな」

「たしかに、そうですな……で、見せ金は、いかほど……」

和馬が〝見せ金〟と言ったのは、札元の五兵衛がどれほどの金を用意するかという意味であった。取り付けが起こらないようにするには、〝徳川札〟に信用を持たせなければならない。徳川家が保証するものだとしても、最高権力者ゆえ、

——借金を棒引きにする。

と言われたら、それで終わりである。それが、最悪の事態を考える商人たち〝徳川札〟を使う側の心配の種であろう。それを払拭するためには、札元が磐石でないと困る。「銭屋五兵衛」という名だけでも信用はあるが、実際に金がなければ、〝徳川札〟が広まらないかもしれないからだ。

「信用……これが一番、ですからな。そうで、ございましょう、尊徳さん」

五兵衛が同意を求めると、尊徳はしっかりと頷いて、

「それは五兵衛さんが用立てるから、安心できます。私には金がありませんが、その代わり、色々な問題が起きたときには、矢面に立ちましょう」

「なるほど、困ったときの〝二宮頼み〟ですからな。ふはは、これで安泰じゃな」

豪快に笑った五兵衛は、和馬に銚子を傾けながら、

「さすがは吉右衛門が見込んだ男だけのことはある。小普請組で燻っている人物ではないだろう。これからは、あなたの〝天下〟になるだろうから、油断なく事を運ばねばなりませんぞ」

「買い被りです……」

和馬が飲めない酒を少しだけなめるのを、徳兵衛は驚きの目で見ていた。しかも、〝銭五〟や二宮尊徳という大人物が目の前にいる。気持ちが高ぶるのも当然だった。

「札会所には当面の十万両ほどを置き、江戸城中のふたつの蔵に、百万両ずつに分けて保管することになっておる」

酒井がそう答えると、和馬は訊き返した。

「では、〝徳川札〟と正貨との交換が始まったときには、一時的に札会所に置くこと

になるのですね……それでは、危ういと思いますが、どうなさるので？」

「まだ、札会所を何処に設置するかは決まっておらぬが、南北奉行所にひとつずつと、江戸市中の六カ所の大番屋に臨時のものを作り、後は江戸の両替商や札差に業務を委託することになろう」

すると、五兵衛がおもむろに、

「おお、そうだ……手土産といってはなんだが、十万両ばかり持参しておるのだ」

「十万両……！」

「うむ。水野様のお墨付きを戴けたのだから、高山殿に預けておこうと思う。なに、水野様もそうせよと言っておられるので、しかと頼みましたよ」

「いや、それは……」

和馬は困惑顔になった。

「何か不都合でもおありか？　いずれ札会所を担うのでしょうが」

「十万両といえば、千両箱が百個。うちで、さような大金を預かることなど……それに万が一、盗賊などに入られれば……あっ、そうだ」

と和馬は徳兵衛を見た。

「徳兵衛にお任せするのは如何」

名指しされた徳兵衛は「とんでもない」と恐縮した。が、深川材木問屋『飛騨屋』を〝再建〟し、今般も小田原の山村の復興に尽力していることを和馬は一同に伝えて、是非にと頼んだ。故郷のことであるので、二宮尊徳も改めて礼を述べて、金のことを依頼した。その上で、五兵衛が、

「〝徳川札〟が出来れば、一万両が十万両、十万両が百万両に化けるかもしれない。その〝徳川札〟を扱えるのは、ここにいる者たちに限られる。ねえ、徳兵衛さん……人は裏切ることがあるが、金は絶対に裏切らないからね」

「いや、しかし……」

「心配性ですな。もう手筈は整えてあります。老中首座の許しを得たのですから、『公儀御用達』の看板を揚げて、町方の見廻りをさせればよろしかろう。ですね、酒井様」

当然のように五兵衛は言った。

「むろんだ。札会所ができれば、そちらへ移すが、正貨と〝徳川札〟を交換する仕事は大変なので、徳兵衛さんの力も借りたい」

「そうですか……」

徳兵衛が思い悩んでいると、

「お待ち下され。しばらく！　しばらく！」

と怒鳴る声が、中庭から聞こえた。

驚いた酒井が「何事か」と床の間の刀を手にして、障子戸を開けると、そこには血相を変えた吉右衛門が立っていた。

「おう。吉右衛門殿ではないか」

大きな体を揺するように立ち上がって、尊徳は、吉右衛門を見下ろした。

「師匠！」

あえて尊徳のことを、吉右衛門はそう呼んだ。

「不覚にも、私も騙されておりました。その男が……高山和馬が、どういう奴か此度のことで、よく分かりました」

「なんだと……」

仮にも主君である。呼び捨てにされた和馬も不愉快そうに腰を浮かせた。だが、怯むことなく吉右衛門は訴えた。

「酒井様ッ。ご存じなのですか。〝徳川札〟などと、とんでもない。そいつの魂胆は見え見えですッ」

「……なんだ。立ち聞きとは、おまえらしくないな」

「五兵衛も、騙されてはなりません。海の百万石といわれた〝銭五〟が一体、何をやっているのですか。これでは、陸に上がった河童ではないですか」

「無礼者！」

ズイと縁側に出たのは、酒井である。手にしていた刀を握りしめて、

「そもそも、〝徳川札〟の話を持ち込んだのは、おまえたちではないのか。それより、どうやって、ここへ入ってきた。水野様の覚えがあるとはいえ、狼藉者と同じではないか。早々に立ち去れ」

「いいえッ。引き下がるわけには参りません。このままでは、その男に幕府の……徳川家の金を奪われるだけです」

「バカを申すなッ。帰らぬとならば、斬り捨てるぞ」

酒井が刀の鯉口を切ると、吉右衛門は一瞬にして青ざめた顔になって、

「どうか、どうか、お聞き下さい」

　と地面に座った。

「その和馬という男は、〝糠床屋〟と呼ばれる騙りを生業にしている輩と通じておりました。これまでも難癖をつけては、人から金を騙し取っていました。いや、騙すなんて甘いことではない。脅して、貶めて、しまいには殺しも辞さない奴なんです」

唾を飛ばしながら吉右衛門は訴えたが、和馬は平然とした顔で座っている。

「証拠があります。証人もおります。そこにいる『飛騨屋』の元主人の徳兵衛は、昔から高山家とは関わりが深い。和馬とは昔馴染みなのに、とんだ芝居をして、先代の主人は一杯食わされたのです。それだけではありませんぞ。徳兵衛こそが、大菩薩の富蔵なのです。名前を使い分けて色々と仕組んでは、大店から乗っ取り同然に身代を奪ってたのです。それを元手に金貸しをして、不法に儲けた輩なんです」

「それがどうした」

五兵衛がちらりと振り返った。

「おまえだって、その昔は、安く店を買い叩いては乗っ取っていたではないか。いつから、人助けのご隠居様になったのだ。この偽善者めが」

「それは……」

「男のやっかみはみっともないぞ、吉右衛門……おまえは所詮は負け犬。とどのつまりは、高山和馬と同じことをやってきたのではないのか。どうせ、同じ悪党の臭いがしたので、中間として潜り込んだのだろうが」

「…………」

「水野様に気に入られた高山殿を恨むのは筋違いだ。文句なら、水野様に言え。もはや、水野様とて相手にせぬだろうがな」

小馬鹿にしたように笑った五兵衛に続いて、尊徳も吐き捨てるように言った。

「私も呆れ果てた……〝徳川札〟という斬新な思いつきは、本当は高山様が考えたものではないか。水野様はそれをお認めになったのだ。今更、醜いぞ」

「〝徳川札〟など……藩札と同じで、ただ借金を上積みするだけだ。そして、最後に困るのは、藩札を掴まされた方だ」

「そうならぬように、銭屋五兵衛さんが背後にいるのではないか」

「いいえ。たとえ、そうであっても、藩札はその場凌ぎに過ぎず、乱発して立ちゆかなくなるのは目に見えてる。聡明なお二方に、なぜ、それが分からぬのですかッ」

「分からず屋はおまえだ、吉右衛門……ここに来て、翻弄して、事を潰す気か。我がふるさとの小田原の村々を元の木阿弥にするというのか。それとも、〝徳川札〟の他に有効な手立てがあるのか」

「…………」

「なかろう。水野様は、大胆に金座の貨幣鋳造を増やし、歳出を大幅に切り詰めて、町人や百姓に倹約を強い、その上で、この〝徳川札〟によって、新たな商いが増えるようにと考えているのではないか」

「藩札ではなく、金が廻らなければ、景気は冷え込んだままですぞ」

食い下がろうとする吉右衛門に、今度は酒井が声を強めて言った。

「愚か者めが。藩札ではない。〝徳川札〟だ。諸国に出廻る貨幣と同じだ。おまえは頭が固いのう……もうよい。議論の余地はない。立ち去れ。そして、篤と考えてみろ。高山殿よりも、よい知恵があれば、出直せ」

「ここまで言っても……そいつは……」

吉右衛門は歯がみしながら言った。

「巧みに証拠を残していないだけで、幾多の罪を重ねてきてるんだッ」

「おまえは、町奉行にでもなったつもりか。邪魔だ。帰れッ」

「いいえ。このままでは、大勢の人が不幸になる。殺された人も浮かばれない。だったら、いっそ、騙されていたこの私が……！」

と興奮しきって突っかかろうとすると、酒井がサッと止めに入った。

「出合え！　出合え！　曲者じゃ！」

その声に呼応して、家臣が十数人、渡り廊下から飛び出してきた。

今にも大暴れしそうな吉右衛門に、家臣たちが一斉に組みついた。だが、吉右衛門も剣術や小太刀の心得がある。家臣たちの刀を奪い取るや、バサッとひとりを斬った。

「あっ――！」

驚いたのは吉右衛門だけではなく、その場の五兵衛と尊徳、そして徳兵衛も同じように仰天して固まった。

「おのれッ、吉右衛門！」

酒井が中庭に駆け降りて、抜刀するやいなり、袈裟懸けに斬り下ろそうとした。

和馬がその前に、ひらりと跳んだ。そして、勢いのまま吉右衛門を袈裟懸けに斬った。

バッ――と鮮血が飛び散り、吉右衛門の顔が真っ赤になった。その吉右衛門に、家臣たちも一斉に斬りかかって、まるでなぶり殺しにするかのように太刀を浴びせた。

声を発することもできず、無念そうに虚空を摑んで崩れる吉右衛門を、家臣たちはズルズルと引きずって、中庭から裏手へ運んでいった。

「た、高山……！」

酒井が声をかけると、和馬は返り血を浴びて興奮冷まらぬ顔で振り返り、

「吉右衛門が悪いんだ……あんな奴、酒井様の手を汚すことはありませぬ。藩邸内のことですから、町方に届けることはありませんよね。でないと水野様にもご迷惑が……」

「わ、分かっておる。後は、こっちで処理をする……今日はこれでお開きだ。おまえ

たち……今宵のことを口外するでないぞ」

と言うなり、酒井は苛立(いらだ)った足取りで奥へと消えた。

「まずいことになったな……とにかく、今日は退散しよう。徳兵衛さんも今見たことは決して……」

五兵衛はそう言うと、和馬を振り返って、

「屋敷の裏手の掘割に、荷船四艘に分けて、千両箱を積んで待たせている。船頭らは、私の身内だから、今のうちに徳兵衛さんの屋敷に持ち帰ってくれ」

「私の……？」

驚く徳兵衛に、五兵衛が諭すように言った。

「札会所のことを頼んだはずだがね。おまえさんはもう私の船に乗っている。言っている意味が分かるね、徳兵衛さん……いや大菩薩の富蔵」

「…………」

「これ以上の厄介事は御免だ。あんたに預けておくから、頼んだぞ」

逃げるように五兵衛も去った。残された尊徳は、和馬に頷いて、

「私も何か手伝いたいが……水野様には私からも話しておくから、吉右衛門のことは内緒にしておいた方がよいかもしれませぬ」

とこれまた、そそくさと出ていった。

月明かりに浮かぶ中庭の鮮血を眺めながら、和馬と徳兵衛は深い溜息をついた。

「…………」

七

その夜のうちに、高輪の大木戸近くにある旅籠『瀬戸屋』に、和馬はいた。

この小さな宿は、大木戸が閉まる刻限に通り損ねた旅人が利用する、簡易な宿だった。目の前は海、その先は品川宿、何かあれば、いつでも逃走できるから、安心して眠れる数少ない所であった。

実はここが、大菩薩の富蔵こと徳兵衛の隠れ家であった。

声があって襖が開き、入ってきたのは、徳兵衛と和馬である。後ろには、三人ばかり手下がいる。いずれも手代姿だが、顔つきは遊び人だった。

「どこで洩れたのか、高山さんが吉右衛門さんを殺したことで、町方が動いてるそうですよ」

旅支度をしていた和馬は頷きながら振り返った。徳兵衛はそれまでと違って、険し

い顔つきで、

「まずいことになりましたね。このまま大木戸を抜けて、品川宿まで行って下さい」

「えっ……」

「何も言わずに、私の言うとおりにした方が身のためです。品川では私の手下が匿いますので」

「！……大丈夫なのか」

徳兵衛は苦々(にがにが)しく目を細めて、驚きを隠せない和馬を睨みつけるように、

「この際、私を信じて下さい。水野様のお屋敷でのこととはいえ、いかにもまずい」

「徳兵衛……おまえは『飛騨屋』の先代に限らず、これまで何人手をかけてきた」

「…………」

「もっともらしい面をして、恩義ある先代を自害に見せかけて殺し、後を自分が継(つ)いだ。大菩薩の富蔵であることを隠して」

「高山様……言わぬが花です」

「……まあ、よい。どうせ俺も吉右衛門を殺したのだからな」

和馬は腫れぼったくなった瞼(まぶた)を擦りながら、首を傾げていた。

「と言いたいところだが妙だな……」

掠れ声になって、和馬は唸った。

「俺は、吉右衛門を殺してなんぞいない」

「え……？」

「あれは、ぜんぶ芝居だ。家臣たちも吉右衛門が雇った者たちでな」

「ええっ……どういうことだ……」

不思議そうに、徳兵衛は和馬の顔を覗き込んだ。

「なのに、どうして町方が動いているなどと……もしかして、おまえの手下が報せたのでは？」

「ばかばかしい……」

「だが、その手下たちのツラは見たことがある。栄吉とおさえを脅しにきてた。そうだろ？　もしかして、前々から、『川越屋』や『播州屋』に目をつけてたのか」

和馬は、「うむ」と頷いて、

「でないと、吉右衛門の誘いに、おまえともあろうものが、あっさりと乗るものか」

「どういう意味だ」

「俺が知りたかったのは、まさしくこの場所だよ」

和馬は奥の部屋に行って、押し入れに置いてある千両箱を引き出して、かかっている鍵を金具で強引にこじ開けた。中には、びっしりと封印小判が詰め込まれていた。他にも山のように千両箱が積まれている。

徳兵衛は我に返ったように苦笑いして、

「——ふうん……そういうことか……」

「そういうことだ」

「俺を罠にかけたつもりだろうが、はたして思いどおりになるかな」

腹を括（くく）ったのか、徳兵衛は微笑みすら浮かべていた。それまでの謙（へりくだ）った様子とは一変して、偉そうな口振りだった。

和馬はズイと踏み出して徳兵衛を睨みつけ、

「悪足掻（わるあが）きはしない方が、おまえのためだ。今なら大菩薩の富蔵として三尺高い所へ行ける」

「…………」

「みっともない真似をすると、本当の素性が世間にバレて、みじめに死んでいくことになるぞ。武士の情けだ。格好良く三途（さんず）の渡（わた）しを渡らせてやろうじゃないか」

「武士の情けだと……？」

「おまえは元々は、半農半士とはいえ、小田原藩の郷士だったはずだ。だから、大里村に拘った。あの村を豊かにしたかった。それゆえ、吉右衛門に近づいて、上手いこと話に乗ったのではないのか」

「………」

「小普請組とはいえ、目付みたいな役もあるのでな。色々と調べ出した。あの村を

……そして、その周辺の村々を、いい村にして、錦を飾りたかったのではないのか。

悪党ではなく、深川の材木問屋『飛騨屋』の元主人、徳兵衛として」

和馬が言うのを、徳兵衛は冷ややかな顔で聞いている。

「あの村で……徳兵衛、おまえはガキの頃、初めて人殺しをした」

「!……」

「寺子屋の師匠は『嘘をつくな、汗して働け、人の役に立て』……そんなことを教え

てくれたはずだ……だが、貧しくて貧しくて、一粒の米もない暮らしのせいで、おま

えはやってはならないことをやってしまった……十二、三歳の頃だ。ある行商を殺し

て、金を奪った」

「!……」

「大里村の名主、宇佐蔵さんは、あんたのことをよく覚えていた……その事件があっ

てから、あんたは村人に疑われたが、子供だし、寺子屋の師匠は庇ってくれた」

「だが、師匠は知っていた……そして、二度と罪を犯さぬよう願っていたが……また、やってしまった。ひとり殺せばふたり殺しても同じだと考えたのか？　それを咎めた師匠まで、おまえは殺してしまった……そこからが転落の始まりだ」

「…………」

「金のためなら、人殺しも辞さず……そこまでして、どうして金が欲しかったのか……自分の生まれ育った村を良くするためだったならば、まだ救いがあるのだがな」

「…………」

「そのことだけは、どうしても、吉右衛門に譲りたくなかったのだな。二宮尊徳と同じ酒匂川の河畔の村の出として、尊徳さんのようになりたかったのか？」

食い入るように見つめる和馬に、徳兵衛は痛いほどの視線を返して、

「誰か他の人と間違ってるのではないか。何の話か、サッパリ分からないな」

と惚(とぼ)けとおしたが、和馬は隠やかな声で、

「吉右衛門はよく言ってたよ。人間は欲を出したときに必ず失敗するとな」

「…………」

「もし、おまえに欲がなければ、〝銭五〟や尊徳の鼻もあかせたのにな。もっとも、

吉右衛門はおまえの欲に〝賭けた〟のだがな」

「知らん……俺は何も……」

「もし、〝徳川札〟が実現すれば、札を換金したものを貯め込んで、持ち逃げしようと思っていたのだろう……おまえは、所詮はその程度の男だ。世のため人のために、事を為そうという人間ではない」

「…………」

「元々はそういう輩であっても、本当に苦労をして、汗水流して働いた者は、心を改めるものなのだ……もっとも、幾ら改めても、おまえが殺した人は帰ってこないがな」

「…………」

「多くの人から騙し取った金は、きちんと返してもらうよ」

フンと徳兵衛は和馬を睨みつけて、

「まさか、〝銭五〟や二宮尊徳も芝居に一枚嚙んでたのか」

「水野様もな」

和馬が頷くと、徳兵衛は悲痛な顔で、いきなり匕首(あいくち)を抜いて突きかかった。が、和馬は、

「逃げるなら斬り捨ててもよいと、遠山奉行から許しを得ている」

と一瞬早く踏み込んで、徳兵衛の鳩尾に当て身をして打ち落とした。逃げようとする子分たちも峰打ちで倒した。

うっと崩れる徳兵衛を、和馬は哀れみを帯びた目で見下ろしていた。

その後――。

材木問屋『飛驒屋』の娘・おさえと『川越屋』の息子・栄吉は夫婦になる約束が交わされた。ひとつの店になって公儀御用達に決まったのは、小田原藩の材木を、江戸再建に使うために、吉右衛門が仲立ちしてのことである。

そして、小田原藩栢山村の出である尊徳の後押しがあったからこそだ。尊徳の祖父である銀右衛門は、この村の組頭で、栢山の善人と呼ばれるほど、人に施しばかりをする人間だった。それが高じて、先祖伝来の田畑を失い、赤貧を洗う暮らしになってしまったのである。

尊徳の父親は、銀右衛門の養子だから、血が繋がっているわけではないが、その気性は引き継いでいたのであろう。見て見ぬふりだけはできない性分だった。

その二人の気性と遺徳を継いだ尊徳の後押しが、小田原藩を動かしたのである。

だが、幕府の財務に関しては、尊徳にとっても難題であった。もちろん、〝徳川札〟などは、借金を作るだけのことだから、水野が本気で採用するはずはなかった。すべては、徳兵衛の旧悪を暴くために、吉右衛門が筋立てただけのことである。もっとも、徳兵衛が隠していた数十万両の金は幕府が押収し、それをもって計画していた小田原の村々に湊を造設し、物流の拠点にすることは成功した。

「いや、しかし……」

吉右衛門は、水野にきちんと詫びて、

「小を積んで大を致す——という尊徳さんの教えを、此度はまっとうすることができませなんだ……もしかしたら、起死回生の一手があるやと思いましたが、五兵衛さんからも教えられたとおり、幕府は実入りより、使うを減らすしかありませぬな」

と進言した。

「当たり前のことを言うな……しかし、大里村も、酒匂川の水量が増えたことで、近隣との諍い(いさか)は、とりあえず治まり、湊造りへと拍車がかかっておる」

「はい。矢倉岳からの材木も、筏となってつつがなく……」

「分かっておる、吉右衛門。おぬしも、ようやってくれた。ところで、尊徳……」

救いを求めるように、水野は尊徳を見た。言いたいことを承知しているように、答えたのは、吉右衛門の方だった。

「元より、尊徳さんは協力をするつもりですよ。下野の桜町領では、荒れた田畑の復興だけではなく、河川改修や治水工事も成功させています。本来ならば、幕府や藩がする普請ですがね」

「色々と批判のある仕法(しほう)もやったそうだが、荒療治をせぬと、まったくの無から、二千石の村にすることはできぬ相談。おぬしがやった〝報徳金〟という貸付金の手法を、幕府天領にも応用することができぬかのう」

桜町領だけではなく、谷田部(やたべ)藩、相馬(そうま)藩、烏山(からすやま)藩、下館(しもだて)藩などの数々の荒村を復旧、復興させている尊徳の技量を、水野は使いたくて仕方がないのだ。

「それは、ようございますが、ひとつだけ条件がございます」

「なんでも申してみよ」

「高山和馬様を、もう少し引き立てていただきたいのでございます。さすれば、〝銭五〟ももっと手を貸すと思いますぞ」

「よかろう。そう心得る」

此度のことがきっかけで、尊徳は、水野から、〝利根川分水路見分目論見御用〟を命じられて、御普請役格二十俵扶持の幕臣となったのだ。さらに、日光神領荒地開拓にも駆り出され、九十余りの村を歩き廻ることになるのだが、吉右衛門の知恵が使われたことは語るまでもない。

ただ、その仕法だけでは、幕府財政が改善するわけではなく、むしろ出費も増えた。しかし、救済措置としての藩札のようなものを発行することはできず、悪化の一途を辿るのである。

――これが現実だ……。

と吉右衛門は思わざるを得なかったが、和馬も唱えていた豪商に幕府の運営を任せるという方法は、夢物語ではないと思っていた。事実、豪商によって、国の経済が廻っているからだ。緊縮財政と経済規制の撤廃だけで景気を上向きにするのは到底、無理なことだった。

「水野様……私は、物価が高騰しているのを是正するために株仲間を解散したのが、間違いだと思っております」

「かもしれぬな……」

「解散するのなら、五兵衛が常に言っているように、諸国の関所も廃止して、物の流れを自由にするのが筋でしょう。しかし、今のままで関所をなくせば、ただ混乱するばかり。幕府の打つ手は、和馬様が言っていたとおり、藩札のようなものではなくて、もっと強固な〝紙幣〟が必要なのかもしれません。そうすれば、さらに人や物、そして金が流れるようになるでしょうから……」

江戸幕府は硬貨は作ったが、なぜか紙幣は作らなかった。盗まれたり紛失し易いという理由もあるが、一番は、

──商人は幕府の財力を信頼していない。

からであった。

「のう、吉右衛門……まこと、幕府の財政、どうしたものか……」

「ひとつだけ、手立てがあります」

「なんじゃ」

「異国と交易をすることです。銭屋五兵衛が密かにやっていることを、長崎ではなく、堂々と幕府がやることとです。諸藩に海を開かせることとです」

「しかし、それでは……」

「今の時世、財力をつけて、幕府を倒そうとする藩がありましょうか。どこの藩も傾きかけてますからな、新しい商売は異国とするしかないのです。フェートン号をきっかけに、幕府は文政八年、異国船打ち払い令を出しましたが、それが間違いだったと私は思いますよ」

フェートン号とは、オランダ国旗を掲げたイギリス軍艦が長崎湾に侵入してきて、オランダ商館員を拉致した上で、食糧などを要求してきた事件である。

「恐れることはなかった。これまでも、異国は金銀を求めて、遥か遠くから商人を送ってきていたのですからな。異国と交易をすることが、幕府が取るべき道だと、私は思います。つまり、交易を通して、新しい投資先を見つけることですな」

吉右衛門はまだ見ぬ明日を語ったが、水野は目を閉じたまま、頷くことはなかった。

水野は、印旛沼(いんばぬま)の開拓を押し進める一方で、江戸と大坂の十里四方を取り上げるという〝上知令(あげちれい)〟を施したが、大名のみならず幕閣からも猛烈な反対が起こって、老中罷免の憂き目にも遭う。

だが、その八ヶ月後に、不死鳥のように老中に返り咲く水野を支えたのは、やはり吉右衛門であった。

その頃——吉右衛門は湊が完成した大里村の湊に立って、行き交う無数の白帆の船を眺めていた。海風と山風が心地よく吹く大地には、酒匂川や水路が、悠々と流れている。

「人々は不景気で弱音ばかりを吐いておりますが、新しい世の中が何処に向かって流れていくのか、私は楽しみですがね」

吉右衛門は大きく息を吸って、気持ちよさそうに流れる雲を見上げた。空はあまりにも暖かく、眩しくて、思わず手をかざして目を細めた。

——流れる雲も先を争わず……だな。

心の中で、吉右衛門は呟いた。

第三話　王手飛車

一

吉右衛門が鬱蒼とした寺の参道に立ったとき、樹木が揺れて涼やかな風が吹いた。随伴した和馬も背筋が伸び、いつになく緊張した面持ちで、立派な門前に立った。

「如何ですかな、和馬様……伊藤家の当主と一戦交えるとは、コキコキと腕が鳴りまするなあ。ほっほっほ」

伊藤家とは、将軍の御前で対局する「御城将棋」の御三家のひとつである。大橋家、大橋分家と並ぶ名門中の名門だ。

大橋家の始祖、初代宗桂は元々は能楽師といわれているが、徳川家康に五十石で指南役として抱えられ、二代将軍秀忠にも仕えた。その宗桂の長男・宗古が大橋本家を継ぎ、次男・宗与が大橋分家、そして、宗古の娘婿の宗看が伊藤家を立てたのである。

その中でも、伊藤家は真の実力主義といわれてきた。後に大橋本家に養子に出したこともあるほどで、血縁に限らず強い弟子が継ぐのが当家の慣わしであった。

伊藤家は麻布日ヶ窪の竜沢寺という名刹の参道に面してあり、旗本や御家人、豪商や医者などを、毎日のように招いては指南していた。特に、詰め将棋を丹念に繰り返すことによって、大局観や手筋や勘を養い棋力を増強させていた。

当代は、伊藤家を興した宗看の直系、六代目宗看で先頃、最後の御城将棋を務めてから隠居した。その養子である三代目看寿が伊藤家を継いでいる。初代看寿は指し将棋の実力もあったが、『将棋図巧』などを記したことで、詰め将棋作家としても有名だった。

祖父に負けず三代目看寿も幼い頃から、〝希代の天才〟といわれていた。まだ十九歳の若さであるが、数々の名手を打ち負かしている。その若い看寿のもとに、祖父や父親くらいの男たちが、こぞって集まり、指南を仰いでいるのであるから、実に不思議な光景だった。

三代目看寿はそれこそ能楽師か狂言師のような凛とした好青年で、将棋指しというよりは、浮世絵に出てきそうな美男子であった。

今日は選りすぐりの〝猛者（もさ）〟が十人ほど招かれているが、中には旗本や大名の江戸留守居役もいて、広間に通されるや、場違いな所に来てしまったかなと、和馬は尻込みするほどだった。

吉右衛門は中間（ちゅうげん）として付き添いで来ただけだから、まったく緊張していないが、大好きな将棋のことなので楽しいのか、いつもよりニコニコとしていた。

もちろん指南を受けるのであるから、それなりの教授料は必要だが、それに代わって料亭で持て成す人もいた。将軍家に通ずるから、商売上有利になると算盤（そろばん）を弾いて近づいてくる商人もいる。しかし、この屋敷まで来られるのは、出稽古に行った弟子と対局して、許しを得られた者だけである。

ゆえに、誰でも来られる訳ではないが、吉右衛門と和馬が選ばれたのも、弟子との何十回もの対局によってである。

待合の部屋には、十数人もの人たちが押し寄せていたが、そこで始まったのが、詰め将棋である。金銀抱えの簡単なものから、少しずつ、じわじわと難しい手筋を学んでいきながら勘所を押さえる。

それを何気（なにげ）なく眺めている看寿の物言いは、清澄な笛の音のようで、耳に優しく残った。町場の将棋会所のようなガサツな将棋ではなく、なめらかで穏やかな中に、キリッと厳しい真剣味があった。まさしく将棋道場に相応しい雰囲気であった。

来賓の中に、石川実之介という元旗本がいた。今は深川で、手習所をやっているらしい。親しいわけではないが、和馬とは顔見知りであった。石川が営んでいる『歩庵』という手習所では、読み書き算盤の上に、将棋というのをつけている。

——将棋は、目の前の人のことを考える。

という癖ができるから、子供には打ってつけの教材だというのだ。勝ち負けだけに拘れば、つまらないかもしれぬが、どうして自分が勝ち、なぜ相手が勝ったかを深く考えながら指せば、おのずと己のことを考えるようになる。そして、同時に、相手の気持ちを考える。

たかが将棋だが、人生で大切なことを学ぶことができるのである。

吉右衛門は和馬の供としてついてきただけだが、次々と難しくなる詰め将棋で、段々と答えられる人が少なくなると、

「ええ、私が……」

と遠慮がちに手を上げてみる。看寿は穏やかな笑みで尋ねると、吉右衛門はすぐに答えた。しまいには、吉右衛門ひとりが次の指し手ばかりを言い始めるので、

「おい。だから、おまえは場を読めぬ奴というのだ」

と和馬に叱られた。

別に得意満面だったわけではない。生来の負けず嫌いもあって、とにかく人より先に答えようとする。それにしても、次々と当意即妙に答えるので、吉右衛門の勘所に看寿が驚くほどであった。

詰め将棋が終わると次は、看寿が十人を相手に十面指しをする。相手の力量に応じて、二枚落ちとか三枚落ち、あるいは四枚落ちで対戦するのだ。

吉右衛門は、和馬の傍らで見ているだけだが、散々考えて指しても、パッと一瞥しただけで、看寿は次の一手を置く。そして、隣の将棋盤に移って、すぐさま次の手を捌いていく。

吉右衛門は、和馬とその隣の石川の手を見ていたが、それぞれ違う戦法で面白いものの、「どちらも負ける」と思っていた。しかし、吉右衛門は和馬の耳元に、

「これから、私の言うとおりに打ってみなされ。形勢逆転に導いて差し上げます」

と囁いた。岡目八目といわれるとおり、傍から見ていると当人より先が読める。だから当然、助言するのは御法度である。

「相済みません、看寿先生。実は、和馬様は朝から腹を下しておりまして、どうも集中に欠けるので、続きは私が指してもようございましょうか」

冴えなさそうな年寄りがと周りの者は思ったようだが、それはほんの一瞬のことで、みな自分の面前のことで頭が一杯だった。看寿当人は、先程の詰め将棋を見ていて、吉右衛門の実力を分かっていたのか、

「ああ、いいですよ。なんなら、おふたりで考えても」

と涼しい声で答えが返ってきた。

「師範……この吉右衛門は少々、耄碌してますが、あ、いや、申し訳ありません」

和馬は正座をして、深々と頭を下げた。

席を代わった吉右衛門は、とりあえず離れ駒……つまり金と金が離れた態勢になっているのを直しつつ、変幻自在な将棋を指した。

飛車落ちだから、相手は角行を龍馬に変えて、自陣に戻し、矢倉を組みながら、じんわりと攻めてくるに違いないと思っていたが、不思議と飛車がないのに、二筋の銀を左右にゆさぶりながら突いてきた。早指しだから、長く考えることはできないが、だからこそ、勘が大切になってくる。

それにしても、十枚の盤がすべて頭に入っているとは、どんな頭をしているのだと思ったが、吉右衛門にとっては、あくまで一対一。絶対に勝つぞと、吉右衛門は意気込んでいた。

すると、吉右衛門に閃きがあって、するする手筋が浮かんできた。一挙に、十五手先くらいまで、あらゆる動きが見えたのである。

「あそこまで行けば、王手角取り。悪くても、金と歩の交換ができる。そうなれば、矢倉の下から攻めることが可能だから、一挙に崩せる……なむさん」

そう呟いた吉右衛門が銀を角の頭に打ったとたん、看寿は逃げず、銀の隣に看寿の桂馬が飛んできた。

「？……」

何も効いていない。これでは、角の只取りだ。しかし、銀が上に上がれば、次の手が打てないから、角を取っただけで、この局面は打ち止めになる。しかし、角取りは大きい。相手に大駒がなくなるからだ。

吉右衛門は遠慮なく角を戴いたが、それが悪手だったことは、三十数手先に来たときに分かった。王手角取りになるどころか、こっちが桂馬の餌食になってしまったのだ。

——桂馬は控えて打て。

というが、看寿の先程の手は高飛びにしか見えなかった。それが実は、罠だったことに、さしもの吉右衛門も気がつかなかった。角を取るという欲を出したがために、歩と銀を一体にするという基本が崩れたのだ。

「それにしても……看寿先生がやっぱり強いのは当たり前か……」

ヘトヘトになった吉右衛門だが、玄人と素人の歴然とした違いで懲らしめられたのであった。すべて打ち終わったとき、

「私の負けです」

と吉右衛門が頭を下げると、看寿はニンマリと笑って、

「どうですかな、ご隠居。私も少しは成長しましたでしょう。敵を騙す術を、あなた様には何度も教えられましたから。父上も、あなたの奇襲はなかなかだと、ね」

と言った。

和馬は不思議そうに看寿の顔を見やった。

「うちの吉右衛門をご存じでしたか」

「高山殿こそ、人が悪いですぞ。中間を連れてきたなどと……冗談が過ぎます」

くすくすと看寿が笑うと、吉右衛門はバツが悪そうに頭を掻いた。

そんな様子を、石川は不思議そうに見ているのだった。

二

将棋の会で、石川実之介と意気投合した和馬は、数日後、深川西町で開いている手習所を訪ねてみた。菊川町の高山家からもすぐである。子供たちに将棋を教えるためでもあった。もちろん、石川との一戦も交えたい。

手習所を訪ねると、和馬は、子供たちが真面目に論語の素読みをしている姿を見て驚いた。同じ年の頃の自分は、あまり勉学は好きではなかっただけに、感心したほどだ。

小さな寺を借りた手習所だが、石川のことをとても慕っている子供たちで一杯で、子犬のようにまとわりついている。どの子も貧しい家の子供らしく、継ぎ接ぎだらけの着物だが、明るくて賑やかだった。おそらく、石川の指導が行き届いているのだろう。高山家に訪れてくる子供とも境遇は似ていた。

「できれば、論語よりも、落語や講談の方が子供には面白いと思うのだがなあ」

と『粗忽の使者』のような話を適当に演じた和馬に、子供たちはとてもはしゃいだ。論語と落語は一字違いだが、どっちも人生の役に立つと和馬は思っていた。

江戸には多数の手習所があるが、それぞれ雰囲気がまったく違う。日本橋や小伝馬町界隈の手習所が厳しいのはいずれ学問で身を立てる者ばかりが学んでいるからだろうが、『歩庵』は素朴であった。人それぞれ持って生まれた〝本分〟というものを大切にしているようだ。それが石川の学びにかける思いであろうか。将棋の歩の如く、一歩一歩進むことが大切であるとの思いであろう。

和馬がそんな事を思いながら将棋を指していると、石川がふいに言った。

「しかし、吉右衛門殿……でしたか。なんだか、不思議な人ですな。まるで仙人だ」

「まあ、そうですな。うちに来たのもひょんなことからで、霞を食って生きてるような雰囲気だった。もっとも、人を食ってることの方が多いですがな」

「ははは。それは和馬殿もそうでしょう」

「俺が？　とんでもない。食えねえ奴だとは時々、小普請組組頭らに言われますがな」

和馬は軽口を叩いてから、

「それにしても、石川様は、元は旗本でありながら、どうしてこんなことを？」

「色々とあってな。浪々の身の上では、どうしようもない」

「さようですか……俺も無駄遣いをした訳でもないのに、この有様です」

「嘘でしょ。実入りは元々は百姓衆がくれたものだから、天下に返すとばかりに、惜しげもなく色々な人に恵んでいるとの噂ですが」

「単なる噂です。というか人助けは当たり前でしょう」

「いやいや、ご立派だ。私なんざ、お上勤めが性に合わなかったのですな。一時は、勘定方(かんじょうかた)におったのですが、どうもずっと座っているのが……ですから、子供たちにも、座らせるだけの勉学はさせてませぬ」

「将棋は座ってますがね」

「あれは、どこでもできる。縁側(えんがわ)でも、河原(かわら)でも……達人になれば、歩きながらでも、頭の中でね。でしょう？」

石川は世事には頓着しない顔で笑った。

「ところで、石川様は奥方は？」

「それが……将棋好きが高(こう)じて、逃げられてしまいました。あはは」

と笑っていたが、直後、目が光った——と和馬には見えた。

「そうですか……私は嫁も貰えぬ体(てい)たらくですが、そういや亡くなった父には、おまえは本よりも将棋盤の方を見ている時が多いと叱られました……当たり前ですな、そんなこと。本ばかり読んでたら自分で考えることがなくなります」

和馬は誤魔化し笑いをした。それは、気取(けど)られたかと感じたからだった。

実は、和馬が、石川に近づいたのには訳がある。

それは、遠山左衛門尉(さえもんのじょう)に頼まれたからであった。遠山とはこれまでも幾度か事件探索などで関わったことがある。腐れ縁みたいなものだが、遠山家の深川屋敷と近いこともあって、〝便利使い〟されていた。小普請組の和馬にとっては支配違いだが、下級旗本にとって町奉行という立場の者に逆らうのは得策ではないと判断してのことだ。

石川実之介はかつて、旗本の身分でありながら、浪人救済という名のもと、幕府転覆を謀(はか)ったとされる人物である。その昔にあった由井正雪(ゆいしょうせつ)の乱を彷彿(ほうふつ)とさせるものだった。

由井正雪は歌舞伎(かぶき)にもされて誰もが知っているとおり、楠木正成(くすのきまさしげ)の子孫だと騙(かた)る軍学者だったが、石川は正真正銘、楠木家の末裔(まつえい)だという。悪党とか逆賊として扱われる楠木家だが、決してそのようなことはなく、武門の名家。将軍になっても不思議ではない家系ゆえ、泰平の世にあっても、なにかと軋轢(あつれき)があるのかもしれない。

もっとも徳川の天下が二百年以上も続いた天保の治世にあって、楠木家も足利(あしかが)家もどうでもよい。徳川家の旗本である和馬にとって、神話めいた武勇談など興味がなかった。だが、異国の船が日本の近海に現れている時代でもある。万が一、江戸で大砲や鉄砲が撃たれるような騒ぎになれば、一番に割を食うのは町人だから、

「悪い奴の画策はぶっ潰して、法で裁けるようにしてやる」

と思ったまでである。

暮らしの糧のために、手習所を営んでいるようだが、糊口を凌ぐだけが狙いではなく、子供たちに明日を託すという夢が、石川にはあるらしい。だが、幕府から見れば、封建体制を壊すような危険な考えをもたらすともいえる。だから、監視しているに違いない。

——そういえば近頃、たまに人の集まる所で短筒を発砲したり、金持ちの商家に押し入る輩が増えた。それが人殺しや盗賊が本業ではない素人がやらかしているところが怖い。

と和馬も思っていた。お天道様に恥ずかしくないことであれば、人間は好き勝手に生きてよい。だから、誰が何を考えようが自由だとさえ、和馬は思っていた。だが、その考えが昂じて、平気で人を殺すような世の中にしてはいけないと信じている。

遠山の狙いがなんであれ、和馬が石川に近づいたのは、殺しの疑いがあるからだ。

その事件があったのは、もう二年ほど前のことである。石川が旗本から浪人になっ

た頃で、馴染みの深川芸者だったお光という女を斬り殺したとのことだった。

　お光は、石川の手先として、幕府の要人が通う料亭などに出入りをして、幕閣や町方役人たちの動きを探っていたという。公儀からすれば、お光を殺した下手人として捕らえて処刑すれば、すべて片づけられると踏んだのだろう。しかし、確たる証がなく、遠山左衛門尉といえども手をこまねいていた。だから、和馬を近づかせて、油断をさせ襤褸を出させようという魂胆なのであろう。

　和馬は人を騙すのは好きではないが、殺しを暴くためならば、禁じ手も仕方がないと自分に言い聞かせていた。

　古味覚三郎ら定町廻り同心の聞き込みによると、殺しがあったのは深川にある船宿『船徳』の裏手にある船着場である。お光の死体はそこで、『船徳』の船頭によって見つけられたという。

　『船徳』は石川が時々、使っていた船宿で、お光もよく訪ねてきていたが、男女の仲とは誰も思っていなかった。だが、船宿がふたりの繋ぎ場所だったことはたしかで、船宿の女将や女中も、顔はよく覚えていた。

　石川が疑われたのは、事件の前日、室内で激しい口論をしていたことや、石川のものと思われる財布の根付けなどが見つかっていたからである。だが、石川の刀には人を斬った血脂はまったく残っておらず、他に証拠もない。根付けなど、いつ落ちたか分からぬからだ。

その後、北町奉行所で調べたところ、お光は色々な男と寝ては、それをネタに金を強請るような性悪女だと分かったがために、急に探索の手が緩んだ。美人局の真似事をしている女なら殺されてもよいとでもいうように。

探索が立ち消えになったにも拘わらず、今また〝ぶり返した〟のには、何か裏があるのだろうが、和馬にしてみれば、

――本当に殺しの下手人かどうか。

というだけのことである。そう割り切って遠山に従っているだけで、厄介事は御免だった。もっとも、町奉行所としては、殺しを放置しておくわけにはいくまい。罪を犯した者には、きつい裁きをせねばならないからだ。

しかし、石川のことをよく知っているわけではないが、人を殺めるような男に、和馬には見えなかった。人を使って殺しをするような卑怯者とも思えない。和馬はこれでも、色々な悪党を見てきた。善人か、悪人かくらいは、将棋の手筋よりも分かるつもりだった。

そんな矢先、古味の探索で、喜三郎という遊び人が浮かび上がり、捕らえると、

「芸者を殺した」

と、あっさり吐いたのだ。古味にとって、棚ぼたのような捕り物だったが、これが事実ならば、大手柄だ。だが、ただの芸者殺しで幕が引かれ、倒幕を狙う石川との〝接点〟は切れてしまう。

しかも、自身番で調べを続けるうちに、妙な雲行きになってきた。その殺した相手が、芸者のお光だというのだ。

「でも、俺は見張りをしてただけで、実際に手を下したのは……誰か分からねえが、腕のたつ浪人者でさ」

「浪人者、なあ」

古味はポンと十手の先で、喜三郎の肩を叩いた。そのひんやりとした重みを感じたのか、ビクンとなった喜三郎に、

「おまえが殺ったくせに、人のせいにしてるのではないのか」

と古味はドスのきいた声で迫った。

傍らに控えている図体のでかい岡っ引の熊公も、喜三郎の首を折るかのように摑んだ。喜三郎は浅草界隈で、くだを巻いているならず者で、賭場を開いたりして、町方同心に捕らえられたことが何度もある奴だ。そんな輩の言い分を、まともに信じるこ

となどできなかった。

「見張りだって立派な殺しの仲間だ」

と狸腹を突き出して、熊公がさらに威圧をかけると、古味は冷ややかに笑って、

「正直に言えば、遠島くれえにしてやってもいい。だが、嘘をついたら、死罪……首を刎ねられるのは痛いだろうなあ」

「！……」

「どうなんだ。別に俺はどっちでもいい。こんな随分前の事件よりも、今やらなきゃならないことは山ほどあるんだ。ああ面倒だ。おまえが下手人ってことで、片を付けよう」

古味がやけくそ気味で言うと、喜三郎は首を竦めて、

「ま、待って下せえよ、旦那ッ」

「俺は北町の中でも、情け深い同心で通ってるんだぞ。だがな、それは素直に反省する奴に対してだ。正直に言わぬのなら……」

「わ、分かりやしたよ。言えばいいんでしょ、言えば」

居直ったような態度で、切れ長の目をさらに細めた。

「手を下したのは、石川実之介ってお侍ですよ」

「石川実之介……!? 出鱈目(でたらめ)を言うな」

「嘘偽りは申しません」

「妙だな……」

「何がでごぜえやす?」

「石川様なら、俺も少々知ってるが、殺しをするようなお人ではない」

「優しい顔をして、恐い人なんです」

「それより、なぜ、おまえは見張りなんかを引き受けたのだ。石川様なら、女ひとりくらい一刀両断にできるだろう」

「…………」

「どういう関わりなのだ」

「で、ですから……」

喜三郎は冷や汗をかいてきた。じんわりと全身がぐっしょりになるのが分かる。金で頼まれただけだと言い張るが、殺しをするにはあまりにも人目につく所ではないか。しかも、自分の馴染みの船着場で殺すなどということは、疑って下さいというようなものだ。

「小遣いが欲しかっただけですよ……十両もくれたんですよ」

「石川様からか。あの旗本崩れで、貧乏手習所をしてる者が十両も出せるか」

「本当です。ですから、あっしは何も……」

縋(すが)るように手を差し出す喜三郎を、十手ではねのけて、古味は睨みつけた。

「まあ、よかろう。おまえはどのみち、遠島は免れまい。遠島は終身刑だ。絶海の孤島で、せいぜい楽しく暮らすのだな。もっとも十両盗めば首が飛ぶ。それに人殺しが加わって、島流しなら運が良いのではないか」

「だ、旦那……」

情けない声をよそに、古味はゆっくり立ち上がるや、石川に事情を聞かねばなるまいと判断せざるを得なかった。

その一部始終を——奥の部屋で和馬が聞いていた。もちろん、遠山直々の〝命令〟である。和馬は陰鬱(いんうつ)な顔になった。やはり石川が人殺しをするような男には思えなかったからである。

「疑わしき……は罰してはならぬ」

と口の中で呟いた和馬だが、古味と熊公は意気揚々と飛び出していった。

三

　その日のうちに、古味は石川を北町奉行所まで呼んだが、まったく抗うことはなかった。和馬も同行していたが、他意があって石川に近づいたとは思っていないようだった。

　北町奉行所は、呉服橋御門内にある。

　詮議所に通された石川は、吟味方与力ではなく、遠山奉行が直々に出てきたことに驚きを隠しきれなかった。以前、浪人を集めて謀反を起こしたと疑われた折に、何度か話をしたことがあるからだ。

　そのせいか、石川は当然だが、古味も落ち着かなかった。遠山は予め、和馬にも同席するように命じていた。

　――一体、遠山様は何をやらかそうと……。

　と和馬も一抹の不安を抱きながら、渡り廊下の一角から様子を窺っていた。石川はチラリと和馬のいる方を見て、「ふう」と短い溜息をついた。

　古味が気まずそうにそっぽを向いて、もじもじしていると、石川は何かすべてを承

知したように頷いて、恨み言は漏らさず、

「高山殿とは、面白い将棋を指せました。もっとも、負けてしまいましたがね、私が……もし、死罪になるのでしたら、最期の一局を願いたいものです」

と遠山に声をかけた。

「黙れ。余計な話をするでない」

遠山は威儀を正して石川に声をかけ、古味に書記を取らせた。騙し討ちにしたことに変わりはあるまいが、喜三郎という証人を得ての吟味だから、遠山は堂々と審議を進めた。

だが、古味はなんとなく心が落ち着かなかった。

「石川様は、何もしてないのではないか」

と和馬が言い続けていたからである。将棋の指し方で人柄も分かったと言っていた。それは和馬ならではの勘でしかないのだが、あまりにも確信をもって話されると、

──なんとかして、救ってやりたい。

という思いも出てくる。しかし、古味にしてみれば、もし芸者殺しを発端にして、幕府転覆を謀った謀反人なら由々しき事態だ。しかも、張本人を摘発したとなると、何年かに一度の大捕物ということになる。

ところが、古味の考えとは裏腹に、石川自身が、

「私がやりました。喜三郎が自身番で話したとおりでございます」

と、あっさり認めた。

「ほ……ホントですか……!?」

肩透かしを食らった古味は、思わず問い返して、

「まことと、あなたが……信じられぬ」

と声をかけた。それを遠山が厳しく制して、

「控えろ、古味。勝手に話すでない」

「はあ……」

「もう一度、尋ねる、石川。まこと、おぬしが、芸者のお光を殺したのだな」

「間違いありませぬ。私がやりました」

「その訳を申せ」

「はい。それは……」

少し間を置いてから、石川は落ち着いた声で言った。

「痴情のもつれ……というところでしょうか。奉行所でも、調べはついていると思いますが、お光は私も手を焼いた性悪女でございます。何度も金をせびられ、払わなけ

れば手習所の子供の親たちにも、自分との嫌らしい関わりをバラすと脅され、思い余って……手習所の師匠が、あんな女と深い仲にあっては、世間体が悪いですからな」

「自分勝手な奴よのう」

「深く反省しております。申し訳ありませんでした」

「認めるのならば、話は早い。正式にお白洲を開き、改めて尋問する。ここで話したことと違うことを言うても構わぬが、前言を翻せば、ますます立場が悪くなろう。潔く致せ」

「はは……」

罪刑はおそらく、切腹か、〝下手人〟であろう。〝下手人〟とは、斬首刑のことであって、殺しをした者を意味する御用言葉とは違う、獄門や磔などと同じ、正式な罪名である。概ね、殺しを教唆した者や心中の生き残りなどが処せられる刑罰だが、決定次第、小伝馬町牢屋敷内の切場で処刑される。

「まあ……潔いふるまいを続ければ、切腹にしてやる。篤と反省するがよい」

「恐れ入ります」

己の死罪がほとんど確定しているのに、ここまで堂々としていられることに、様子を窺っていた和馬は、武士の鑑を見る思いだった。

「引っ立てい」

遠山が命じると、控えていた蹲い同心と町方中間が両脇を固めるように腕を取って、奉行所内の牢に押し込めた。明日には、小伝馬町に送られ、再び、奉行所のお白洲で裁断されるまで留められることとなる。

石川を見送ってから、遠山は肩の荷が下りたように、

「ようやく無事終わった……これで老中・若年寄のお偉方も承服するであろう……まずは祝着至極というところか。ほんに良かった」

と溜め込んでいた疲れを吐き出すような溜息をついた。

「――どうして、そんなに嬉しいのですか」

思わず和馬が声をかけると、

「なに、嬉しいのではない。安堵しているのだ」

と遠山は静かに返した。

「あの石川実之介は謀反人だ。芸者殺しでも何でもいいから、罪を背負わせて処刑すれば、集まった浪人たちも二度と愚かしい真似はするまい」

「見せしめということですか……遠山様は、それで平気なのですか」

「どういうことだ」

「私は気持ちが悪いです。無実の者を追い詰めたような気がして」

「おぬしの気持ちなんぞ、どうでもよい。幕府に楯突く輩を始末できるのならば、手段を選ぶ必要はない。しかも奴は幕府に忠誠を誓う旗本だったのだぞ。石川とて、覚悟はできているのであろう。だから、潔く認めたのだ」

「いや、それは……」

「芸者殺しで死罪になるくらいなら、謀反で磔になった方が、死んで名を残せると思うが……まあ、奴くらいなら、女殺しが相応しい」

その言い草に、和馬は違和感を覚えた。遠山の悪意すら感じた。どうしても、石川は悪い人ではない、という心の声がずっと響いていたからである。

「そんな暗い顔をするな、高山……おぬしが近づいたからこそ、奴は観念したのだろう」

「えっ……どういうことです」

「おぬしというより、奴はご隠居の吉右衛門の方が気懸かりだったのかな」

「…………」

「とにかく、幕府の危難を救ったのだ。どうだ。今宵は祝杯といくか」

「──人の死罪が決まったときに……冗談ではありません」

「ふむ。おまえらしいな。まあよい、好きにしろ」

深々と礼をして和馬が立ち去ると、遠山はよっこらしょと立ち上がって、

「よいか、古味。忠告しておくが、つまらぬ考えは起こすなよ」

「は？」

「どうせ、おまえは、高山に何やら吹き込まれておるのだろう」

「いえ、拙者は何も……」

「高山は案外、物分かりが悪い。無実の者を助けんがために、俺ならまだしも老中の屋敷まで直談判に行くであろう痴(し)れ者だ。つまりは、後先(あとさき)を考えぬ愚か者だ。余計なことは考えるな」

真顔で窘(たしな)めてから、遠山は立ち去った。

四

夕暮れから空模様は崩れていたが、夜になると本降りになった。牢屋敷では、死罪が決まった夜は雨になるという言い伝えがあるが、そのせいかもしれないと、千晶は思った。

石川実之介が北町に捕らわれて、厳しい沙汰を受けたことは、和馬に聞くまでもなく、千晶の耳にも入っていた。深川診療所には、石川の病(やまい)がちの母親が来ていたこともあるし、手習所の子供らの〝堅固(けんご)〟も診ており、何かと付き合いがあったからだ。〝堅固〟とは健康のことである。病人が集まる診療所には、噂話も自然と入ってくる。

夜が更けてさらに雨足が強くなってきた。山門を閉めようとしたが、こんな日に限って怪我人や病人が駆け込んでくる。屋根の下の門灯をつけたまま、しばらく本堂から外を眺めていた。だが、雨宿りに立ち寄る者もいそうになかった。

「やっぱり物騒だから閉めよう……潜(くぐ)り戸だけ開けておけばいい」

そう思って千晶が立ち上がったとき、診療所の外を番傘をさして、スタスタ歩いている吉右衛門の姿が見えた。いや、目の錯覚かもしれない。

「――ご隠居が、こんな刻限に……」

猫みたいに雨が嫌いな人で、ちょっとパラついただけでも、外に出かけるのを億劫がる吉右衛門だから、土砂降りの中を歩いているわけがないと思ったのだ。しかも、馴染み深い藪坂甚内先生の顔を見ないで、素通りするわけもないだろうと感じた。

すぐに山門の外まで来てみると、辻灯籠(つじどうろう)の灯りに浮かんだのは、やはり吉右衛門であった。声をかけたが、雨音で聞こえないのか、そのまま歩き去った。

「ご隠居さん。何処へ行ってるのですか」

思わず傘をさして千晶が追いかけると、雨に混じって夏草の匂いが湧き上がった。下駄が一瞬のうちに濡れて、着物の裾も張りついてくる。何かあったのなら手伝おうと思ったのだが、姿を見失った。

二町ほど、歩いたところで、ようやく吉右衛門が通称〝鞘番所〟と呼ばれる深川大番屋の前にいるのを見つけた。大番屋の奥にある牢部屋が鞘のように細いから、その通称がある。

「やはり何かあったのかしら……」

千晶はぬかるんだ道を下駄で踏みしめながら、吉右衛門に声をかけた。

だが、吉右衛門は大番屋の扉を叩きもせず、千晶の声に振り返らないで、そのまま

「ご隠居さん。どうしたんです、こんな刻限に、〝鞘番所〟になんか……」

路地の方へ消えた。思わず千晶は追った。

天水桶をひっくり返したように落ちてくる雨に、千晶は戸惑って、近くの大店の軒先に一旦、飛び込んで、雨飛沫から逃れた。しかし、篠突く雨の中で、吉右衛門は仇討ちにでも向かうように力強く歩いている。見たことのない様子だ。肩の怒らせ具合からみて、よほど腹に据えかねていることがあるようだ。

「ご隠居さんってば！」

千晶は大声をかけたが、やはりザアザア雨のせいで、振り向こうともしない。少し耳も遠くなったせいもあるのだろうかと千晶は思いながら、さらに追いかけた。

「ねえったら、ご隠居さん。どうしたんですか」

なんとか追いついて、横に並んだが、

「──なんだ、千晶か」

と吉右衛門はチラリと見ただけで、先へどんどん歩いていく。傘をさしていても、吉右衛門の羽織はぐっしょり濡れて、髷も崩れかけていた。千晶は一緒に歩きながら、

「本当は気づいてたのでしょ。一体、何があったのです。ご隠居さんらしくない」

「一々、口出しするでない。そんなだから、嫁にもいけないのだ」

「貰い手はいくらでもあります。和馬様以外の所に行く気がしないだけです」

と、千晶はふてくされたように言いながらも、吉右衛門について歩いた。構わず、ズンズン先へ行く吉右衛門を千晶は追った。雨が痛いくらいだった。傘が破れるのではないかと不安になりながら、

「風邪引いてしまいますよ、ご隠居さん……何をそんなに苛ついてるの、珍しい。石川様のことですか？　私にはよく分からないけど、ご隠居さんが考えてるような人じ

やないかもよ」

「私が考えてるようなって何だね」

少し険悪な吉右衛門の言い草に、千晶もさすがにムッとしたが、いつもと違う様子だからこそ、なんだか余計に心配になった。

千晶は間合いを置いてついていった。どれくらい歩いたか、吉右衛門が訪ねたのは、小料理屋だった。日が暮れて時が経っているから、店を閉めているが、雨のせいか客が残っていた。

「ごめんなさいよ」

と吉右衛門が声をかけると、店の中から女の声が返ってきた。

「すみません、もう……」

「そうじゃないのです。ちょっと訊きたいことがありましてな」

「――なんでしょうか……」

こんな刻限に、しかも雨の中を妙だなという顔をしている女に、吉右衛門は言った。

「旗本の高山和馬様の中間で、吉右衛門という者です。主人の代参で来ました。実は、石川実之介様のことで、話が……」

女は抜けるように白くて艶（つや）やかな顔をしていたが、俄（にわか）に硬い表情になって、

「もう……堪忍して下さい。私は関わりありませんから、失礼します……」

と戸を閉じようとした。吉右衛門はすぐに足を差し出して止めた。

「どうか、話だけでも聞いて下さいませんか。決してご迷惑はおかけしませんので」

「もう迷惑です……」

「そこをなんとか。人の命がかかっているのです」

吉右衛門が半ば強引に入ろうとしたとき、店の奥から、わあわあと子供の泣く声が聞こえてきた。一瞬、戸惑った吉右衛門は手を止めたが、

「お咲さん……あなたは石川様の奥方だった人ですよね……話を聞かせてくれませんか。石川様は、お上に捕らえられて、大変な目に遭ってます。石川様の本当のお人柄を知ってるのは、あなただけだ。謀反なんか起こす人ではないでしょ。頼みます」

さらに問いかけると、いかにも真面目そうな三十絡みの男が奥の座敷から出てきた。武家のようだ。どこかの家中の者にも見えた。初対面でありながら丁寧に頭を下げて、

「高山殿の名なら、よくお聞きします。お力になりたいのは山々ですが、今日はちょっと取り込んでおりますので、明日にでも必ず……」

と言った。追い返したいのが本音であろうが、吉右衛門も素直に引き下がる性分ではなかった。態度は丁寧だが、強引に押しつけがましく迫った。

「人ひとりの命がかかっているのです。石川様は謀反人として葬られそうになっています。なんとか、助けたいのです」

「……その話なら、明日でもよろしいでしょう。私も石川様を存じあげておりますが、おぬしが言うように、浪人を集めて謀反を起こすような人ではありますまい」

「だったら……」

「ですから、明日、必ず、私の方からお訪ねいたしますから、今日のところはご勘弁下さい。小さな子供もおりますので」

何か事情があることは、吉右衛門もすぐに察したが、半ば意地になって、

「そうですか。石川様が今晩中に切腹させられても、知りませんよ」

「そんなことは、ありますまい。処刑は御定法に基づいて実行されるはずだから」

相手の武士はこれ以上は聞かないと首を横に振った。

「――お咲さんは、石川様と別れてひとりになったと聞いてますが、あなたの名も聞いておきましょう……まさか、間夫だなんて言うのではありませんよね」

吉右衛門はわざと下品な言い方をした。

「違います。私は、お咲の従兄弟にあたる遠藤達之介といいます」

「遠藤様……では、明日は必ず、そこの〝鞘番所〟まで足を運んでくれますね。石川

様の首がかかっておりますので」

「ああ、必ず……」

その言葉を信じて、吉右衛門は今日のところは引き上げることにした。

深川診療所まで戻った吉右衛門は、びしょ濡れになった羽織を脱ぎ捨てると、如何にも悔しそうに床を叩いた。一緒に帰ってきた千晶は心配そうに羽織を片づけながら、

「いつものご隠居さんらしくない。一体、どうしたっていうのです」

「どうもこうもありませんよ」

「風邪を引きますよ、ほら……年寄りなんだから」

千晶はまるで祖父の面倒を見るかのように言いながら、手拭いを手渡した。吉右衛門は素直に手拭いを貰って、

「藪坂先生はちゃんと寝てるかね」

「まともに布団なんぞ敷いたことがありません。布団は部屋の片隅に畳んだままで、大抵は畳にゴロ寝です。いつでも患者のために起き上がれるようにってね。しかも、その方が体の骨が曲がらなくてよいなどと言ってます。無精なだけでしょうけど」

部屋の片隅には将棋盤があって、暇があるときは、ひとりで飲みながら詰め将棋をしているという。それが気分転換になるらしいが、面倒臭いからそのまま倒れて寝て

いるだけだろうと、千晶は言った。

「私が朝、起こしに来ると、死んでるのと勘違いすることもあるくらいですからね」

まるで世話女房のような言い草を、吉右衛門はぼんやりと聞きながら横になると、安心したのか寝息を立て始めた。

「おやおや。なんでしょうねえ……和馬様もこき使い過ぎるのではないかしら」

千晶は布団を掛けてやると、穏やかに眠る吉右衛門の顔を見下ろしていた。ただ、石川が処刑されるという話を思い出して、千晶の表情も暗くなった。

外はまだ激しい雨だった。

五

翌朝は、打って変わって空が晴れ渡っていた。しかし、夜中中、降り続いた雨のせいで、道はぬかるんで水たまりだらけである。

和馬は北町奉行所の表まで行って、古味を呼び出すと、すぐにでも遠山に面会したいと申し込んだ。だが、今日は、遠山は登城日なので、下城するまで待てとのことだった。

「まったく腹が立つッ」

和馬は苛々した高ぶった気持ちを消せないまま、半日、待ち続けた。昼の八つ頃、ようやく戻ってきたところを、飛びかからんばかりに、遠山に問いかけた。

奉行を乗せた駕籠(かご)はそのまま奉行所の役宅に消えたが、遠山は門脇に留まって、

「随分と無礼だな。何様のつもりかな」

憤りこそ噛みしめているが、罵(ののし)るような言い草だった。言いなりになっていたのが、馬鹿らしくなってきた。こうなれば梃子(てこ)でも動かないのが和馬だった。

「遠山様……そんな冷たい方とは思いませんでした。あなたはもっと、人の心の分かる方だと思っていました」

「何の話をしておる」

「石川様のことに決まっているではないですか」

「もう決着がついたことだ。今日、登城して、石川のことは謀反者ではなく、単に芸者殺しとして処罰すると、評定所にて決した。これすなわち、公儀の配慮だと思わぬのか」

「思いませぬ」

と和馬は座り込みでもするように、どっしりと構えて、

「よろしいですか、遠山様。私の調べでは、石川様は、殺しなんかしてませぬッ」

声を荒らげた和馬を、遠山は役所と役宅の間にある部屋に入れるしかなかった。

「よいか、ケリはついたのだ。無礼も大概にせよ、高山……自分で言うのもおこがましいが、俺は元旗本としての石川の面目を立ててやり、御家断絶だけは避けてやったのだ」

「恩着せがましいですね。当たり前じゃないですか、石川様は何もしてないのに」

「高山ッ……」

険しい顔になって遠山は制したが、和馬は構わず続けた。

「そもそも、伊藤家の将棋会に私を送り込んだのは遠山様、あなたではないですか。もちろん、お奉行のお計らい故ですが、私の目に間違いはありません。なんなら、伊藤看寿様に尋ねてみればよろしい。若いけれど並々ならぬ才覚のある看寿様のこと。一度、指しただけで、石川様がどういう人間か分かるはずだ」

「たかが将棋のことくらいで……」

「遠山様もかなりの腕前だそうですが、相手は上様もお認めになる御城将棋の……」

「分かっておる」

看寿のことは、将軍もとても気に入っているから、あるいは嘆願が出てくるかもしれない。遠山はそれを懸念していただけに、下手な反論はしなかった。だが、これ以上、面倒を起こすと、却って石川のためにならぬと和馬を説得しようとしたが、無駄だった。

「遠山様……あなたは本当に酷い方ですね……手先の真似事をした俺が馬鹿でした……普段は飄然としているものの、気骨のある武士で、処世術とは無縁の、正義感と胆力のある立派な御仁だと思ってた」

「おだてておるのか、けなしておるのか」

「でも、やっぱり、あなたは幕府の偉い人たちにしか目を向けてないんだ。若い頃は芝居小屋に出入りしていた遊び人で、庶民の味方だなんてのは表向きってわけだ。俺のような下級役人を頼りにしたり、情けをかけていたのも、心からのことではないのですね」

「…………」

「とどのつまり、ひとりの人間なんぞ粗末に扱う……それが本性ということですね」

真顔で聞いていた遠山だが、気分の高ぶりは少し引いたようで、

「まあ、そういうことだ。政事とは、俺ひとりの思いだけでは、どうにもならぬということ。今般のことは、出入筋でも吟味筋でもない。高尚な政事なのだ」

と自分勝手な理屈を述べた。

「手前味噌もいいところですね。自分で高尚とは、笑うに笑えませぬ」

「おい。無礼もいい加減にせぬと、おまえとて容赦せぬぞ」

和馬はじっと睨み上げたものの、冷静に身を引いて、その場に土下座した。

「どうか、どうか、遠山様……今般の石川様の一件、もう一度……」

「そんな真似をしても、ならぬものはならぬ」

「私の見立てでは、石川様は無実にございます。たしかに、お光と関わりがあったのは事実ですが、それだけのことです。石川様は、貧しい子供たちを励まして、生きる術を教えている立派な人徳者です」

「…………」

「旗本は辞めても、心根の優しい武士です。人を裏切ったり、貶めたり、ましてや殺しをするような人とは違います」

「心優しい……と申したな。ならば、あえて教えてやろう」

声を潜めた遠山には、普段、あまり見せることのない凄みすらあった。

「石川が勘定方だったことは知っておるか」

「はい……」

「それこそ、いずれは代官になっても不思議ではない人材だった。そういう意味では、たった何度かしか会ったことがない、おまえは慧眼の持ち主ともいえるが……」

　遠山はわずかに落ち着いた声になって、

「……石川は天領である佐渡金山に送られたことがある。佐渡奉行支配組頭として、いい働きをしていた。けれど、まさに金に目が眩んだか……正規のものとは違う金鉱から隠し掘りをして、自分の目の届く柏崎代官所を通して、越前商人や松前商人などに売り捌き、長崎にて処分していた。つまりは公金を着服していたのだ」

「ええッ。そ、そんな大それたことを……」

　さすがに和馬も驚きを隠せなかった。生唾を飲み込んで聞いていたが、それが真実かどうかは、到底、自分には探ることができないと感じた。まさに佐渡金山の金北山のように大きな壁が聳えていた。

「佐渡金山は幕府の御金蔵といっても過言ではない。その中枢にいる者が、懐した上で、諸国の食い詰め浪人たちに配り、幕府に刃を向けて、世の中を変えるというのだから、恐れ入るではないか」

「！……」

「であろう？　公儀の金で、公儀を潰すというのだからな。楠木正成の末裔か何か知らぬが、所詮はそういう愚かな考えの持ち主なのだ」

遠山は自分が語っていることに、少し興奮気味になってきて、

「奴は国賊なのだ。改革ならば、上様のように、民百姓のためにするべきであって、自分たちの不遇を嘆き、何の関わりもない人々を巻き込んでするものではない」

「何の関わりもない人を巻き込む……」

「であろう。金山から得た金で鉄砲弾薬を仕入れ、無頼の者たちも集めていたのだからな。上様直属の御庭番が見つけることができなければ、おそらく今頃、江戸は火の海だ」

「まさか……」

「絵空事と思うのは、おまえの勝手だが、世の中には我々が考えるよりも、ずっとずっと恐ろしいことを考えている輩がおるのだ。しかも、当たり前の、ふつうの顔をした者たちがな」

「……………」

「そんな輩から、町奉行所は町人を守っておるのだ。目に見えないところで戦っておるのだ。高山……そんなことが分からぬおまえではあるまい。だからもう、石川のことには触れるな」

和馬はがっくりと肩を落としたものの、遠山の話をすべて信じたわけでもなかった。自分の目で確かめない限りは何事も信じない気質だからである。

しかし、遠山がここまで腹を割って話したとなると、自分勝手な理屈をごり押しするわけにもいくまい。かといって、やってもいない殺しのために、石川が処刑されるのを見過ごすことは人としてできない。素直で淀みのない将棋の指し方が忘れられないからである。

「俺は所詮、小普請組。お奉行のおっしゃる高尚な政事のことなんぞに、首を突っ込めるとは思ってもおりません」

「分かってくれたか」

「はい。己の馬鹿さや愚かさが分かりました」

「おい。余計なことを考えているのではあるまいな」

「とんでもございませぬ。私も旗本の端くれでございます。遠山様のお話、よく胸に叩き込みました」

和馬は遠山に向かっていま一度深々と頭を下げると、部屋から出ていった。俄に納得した態度の和馬の後ろ姿を、遠山はしばらく見送っていたが、「何か企んでおるな」と不安げな顔になった。

帰りに〝鞘番所〟に立ち寄ったが、ちょっとした騒動があったらしく、古味はいなかった。小伝馬町牢屋敷から咎人が逃げたとのことで、出張ったのである。

――まさか、石川様ではあるまいな。

と和馬の脳裏に嫌な思いが過ったが、それはまったくの杞憂だった。密かに牢内で盗んでいた鋸や鉈を使って、長い日数をかけて塀を打ち破って逃げたとのことだが、周囲の堀に落ちたところを捕まったという間抜けな話である。

そんな事件があったため古味は不在だったが、自身番家主の話では、まだお咲と遠藤は訪ねてきていないとのことだった。

すぐさま、お咲の小料理屋を訪ねてみると、誰もいない。近所の者に訊くと、昨夜、何か大騒ぎをしていて、その直後に、子供と遠藤と三人で、大雨の中を何処かへ行ったと聞かされた。

「しまった……俺としたことが……」

吉右衛門に朝まで見張らせておくべきだったと己を責めた。石川の処遇のことばかりが気になって、お咲の気持ちの中まで推し量れなかったことが悔しい。

それにしても、いくら別れた亭主とはいえ、死罪が決まったというのに、そそくさと逃げることはないだろう。

たしかに、事前に調べたことによれば、石川が幕府から、倒幕疑惑を持たれたときに、お咲たちも白い目で見られたかもしれぬ。おそらく針の筵(むしろ)に座らされているような毎日だったに違いない。

今考えれば、石川が妻と別れたのは、佐渡奉行支配組頭を辞めてからすぐのことだ。あるいは、謀反を決起する覚悟だったから、妻子に累(るい)が及ばないように離縁し、お咲の従兄弟に行く末を託したのかもしれない。

和馬は妻子がいないから、心の底から分かっているとは思えないが、自分に何かあったとして、親兄弟や妻子に迷惑をかけたくない気持ちは痛いほど理解できる。

「――それにしても、参った……」

和馬は自身番にいた熊公や番太郎たちにも頼んで、お咲と遠藤を探させた。江戸から逃げ出すかもしれぬが、和馬に四谷や高輪の大木戸や江戸四宿(ししゅく)の問屋場に伝令を送る権限はない。しかも、咎人が逃走したわけではないから、捕らえられるかどうかは、まったく分からなかった。

「どう思いますかな、和馬様……」

事情を知っているせいか、ふいに吉右衛門に問いかけられて、和馬は振り返った。

いつの間にか〝鞘番所〟に来ていたのだ。

「少し苛立ちが薄らぎましたかな」

声をかける吉右衛門の顔を見て、和馬はこれからの道筋を教えてもらおうと思った。こんな弱気になった和馬を、めったに見ない吉右衛門の方が戸惑っていた。ぽかんと天井を見上げたまま、

「うむ……」

と和馬は唸っているだけだった。

「どう思われますかな、和馬様……石川様は、これでいいわけありません。お光の周りを調べても、ロクなことは出てきませんよ。本当に性悪です。だからといって死んでいいわけではありませんが、石川様が殺したというのが納得できない。和馬様もそうなのでしょ」

「──もう、どっちでもよいかな」

「え……？」

「遠山様が配慮したのだから、それはそれでよいかと思い始めた。俺は町方ではないし、一介の小普請組旗本だしな」

「なるほど。それと関わりあるかどうかは分かりませせぬが、『柳田格之進』というお

噺もありますからな」

　それは落語ネタで、濡れ衣を着せられた武士が、凛とした生き様を見せつける物語である。和馬も何度か寄席で聞いたことがあるが、人と人が互いを思いやる心情を描いたもので、深く共感した。禁止されていた寄席を、「江戸っ子の楽しみだ」といって、庶民の手に戻したのは遠山その人だ。

「なのに、その本人がなんとも情け容赦ないことを……」

　と言いかけてハッとなった和馬は、吉右衛門を見やった。

「吉右衛門はもしや、石川様とお咲……あるいは従兄弟の遠藤達之介が、事情があって庇い合っているとでも思っているのか」

「さあ、どうでしょう……」

「何か勘づいているのだな、おまえは……そうであろう。だから、屋敷に帰ってこないで、深川診療所で寝ていた」

「あの大雨で、屋敷まで帰るのが面倒だったからです」

「ふむ……おまえと同じで、遠山様が考えてることも、どうもよく分からぬ」

「その話も結構ですが、いい加減、千晶のことも考えてやって下され。やはり、いい女だと思いますぞ」

和馬はただ俯いて、ぐっと拳を握りしめると、大きく頷いた。

六

その夕方もまた雨になった。降ったり止んだりで、地面はぬかるむばかりで、油断をするとすぐに滑りそうだった。

石川の『歩庵』に来た和馬は、庫裡の離れで病床に臥している、石川の母親のお喜代に会った。苦しそうな咳を堪えながら起き上がって、和馬に向かって掌を合わせた。息子の無実が明らかになって、小伝馬町から放免されることを願っているという。

和馬が来た時、お喜代は体に広がる痛みに我慢しかねるような顔をしていた。世話をするため、千晶がたまに通っていたが、息子がいなくなっての心労もあったのであろう、随分と痩せていた。

「お喜代さん……今日は藪坂甚内先生を連れてきましたよ」

と、ずっと世話をしていたかのように千晶が言った。藪坂も何度か診てはいるが、お喜代の手を取って、脈をはかったり、目や舌を見て、今にも死にそうなくらい弱々しくなっていると感じた。

「和馬殿……これはいかんな……駕籠を頼んで、すぐにでもうちに連れていったほうがいいのだが」

「さような……お気遣いは結構でございます……お金もありませんし……」

「金の心配などすることはない」

藪坂は丁寧に、お喜代を診立てると、決して諦めるなと励ました。匙を投げたことのない藪坂である。どうやら、肺臓に水が浸潤し、厳しい状態にあるようだ。すぐさま咳止めと痛み止めを用意しながら、

「ご子息のことは、高山殿が何とかしてくれる。だから心穏やかに……」

「はあ、しかし……」

石川が謀反人であることに、薄々勘づいているようで、お喜代は申し訳なさそうに、また掌を合わせた。

「そんなことはありませんぞ。石川様が立派な徳のある人だからこそ、こうして、手習所の子供たちの母親や父親が交代で、お母上を看に来ているのではありませんか」

と藪坂は穏やかに声をかけた。お喜代は頷くのがやっとだったが、

「返事などはせずともよいですよ。高山殿の見立てでは、石川様は無実。必ず善処してくれるから、心安らかにな」

藪坂の気遣いも、和馬はありがたかった。

一刻も早く、石川の本音を知りたかった。やっていないことを、やったと自白した裏には何かあるはずだ。

しかし、お喜代がこの様子では、充分に話を聞くことはできまい。あるいは知っていても、息子と思いを同じくして余計なことは喋らないかもしれない。

「高山殿。しばらく席を外してくれ。ご高齢でも女ゆえ、あまり人には見られたくないだろうからな」

和馬は藪坂のそんな気配りが好きなのだ。無骨な武芸者のような面もあるが、心根は石川と同じかもしれないと思っていた。

藪坂は、肺臓の水気をできるだけ取り除こうとした。完治するとは思えないが、薬によって和らげるしかない。それにしても、このような雨は大敵だ。なんとかならぬかと和馬は自分の親のように願っていたが、半刻ほどすると、離れから藪坂が出てきた。芳しくない顔をしている。

「やはり難しいのですか……」

「一筋縄ではいかぬ……石川様が、謀反を諦めたのは……もしかしたら、母上の容態を考えてのことではないか」

藪坂はそう察した。

「まさか、もうすぐ亡くなるとでも？」

「――どんな人間でも、励みがなけりゃ、身も心も萎える。本当なら、息子が側にいてやるのが、一番なのだがな」

藪坂の言い様に、和馬は一抹の不安を感じた。絶望的だということなのか。

お喜代はしばらく、すやすやと眠っていたが、目覚めた時には、雨がすっかり上がっていた。曇天ではあるが、わずかに陽射しが見える。

「本当にご迷惑ばかりで……相済みません」

寝たきりのまま、お喜代は頭を下げようとした。軽い咳をしてから、お喜代は何度も謝りながら、

「実之介は、高山様を立派な方だと言ってました……将棋の相手を、いえ……人のことをあんなに褒めるのは初めてでした……そして、本当に高山様のことを幼馴染みのように楽しげに……」

「俺は立派でも何でもありません。取るに足らない下級旗本……」

「いいえ。あなた様が立派な施しをしていることは、深川の者なら誰もが知っていること。藪坂先生も深く感謝しておられます」

お喜代は必死に訴えた。和馬は正直に言えば、母親から、石川の別れた女房とその従兄弟が、何処へ逃げたか心当たりがないか訊きたかった。

「実は、お母上……」

と和馬が訊こうとしたとき、お喜代は微かに洩れるような声で、

「知っております」

「詳しいことは分かりません……でも、高山様……実之介は……実之介こそが……望んだことなのです……どうか、どうか……」

どういうことだ、と和馬は頭の中に色々な考えが巡った。

石川が捕縛されたこと、別れたお咲と遠藤が逃げたこと、すべて病床の母親が承知していたというのか。和馬には理解できなかった。

だが、お喜代は必死に訴えるような顔で、和馬を見上げている。何か言いたげで、しかし決して言えぬような、切羽詰まった顔だった。そして、消え入るような声で、

「あれを……」

と最期に振り絞るような声で、仏壇を指した。小さなもので、夫の位牌がひとつあるだけであった。

「なんです？」

「あれを、どうか……どうか……」

死力を尽くして、それだけ言うと、また意識が朦朧としたのか、眠りに入った。そして、直ちに深川診療所に運ばれたが、翌日になっても、お喜代は目を覚まさなかった。

和馬は衝撃を受けるよりも、逃げ出したいくらいに恥じ入っていた。お喜代が最期に伝えたかったのは、仏壇に隠されていた、石川の日記だったのだ。

そこには、石川家が元々は根来の出で、紀州から八代将軍になった吉宗についてきた、御庭番の家系であることが記されていた。

『――吉宗公は、公明正大で潔癖な御仁だとの評判だった。人の気持ちも分かる立派な人である。嘘をつけないお人である。だが、我が石川家には冷たかった……』

などと記されている。真剣なまなざしで和馬は日記と向かい合った。そこには、なぜ石川が、町方に抗いもせずに捕縛されたかが分かることも記されているに違いない。

和馬はそれを読んで、どうしても石川を救いたいと思った。無実を承知で刑を受ける道を、なぜ選んだのかを知りたかったのだ。

「……一体、誰を庇って、命を散らそうとしているかだ」

石川は何のために死ななければならないのか。公儀のためか、御家のためか、女房子供のためか、あるいはみんなのためなのか——。

読み進めるうちに、興奮してきた和馬は、ひとつの文章にハッとした。ゆるぎない決意があって、圧倒されそうな気迫が漲っていた。

『命は幾つあれば足りるのか。人の命とは、命さえあれば足りるのか』

奇妙な文章であった。だが、この短い文章にこそ、石川の真意が隠されているのではないかと、和馬は感じていた。

紀州は温暖な所とはいえ、根来の里の冬は厳しいという。那賀郡根来寺のある山間には、雪が降ることもあるらしい。

そんな寒村に生まれ育った石川は、元々は母親似で体が弱く、和歌山城下の遠縁に預けられていた。それが、紀州家の家老に近しい人物だったため、勉学に秀でており、剣術にも優れている石川は目をかけられた。

和歌山城に入って、しばらくは勘定方で働いていたのだが、紀州といえば鉄砲である。戦国の世には様々な活躍をしており、泰平の世にあってもその技術は伝えられていた。石川は鉄砲奉行に仕えて、様々な新しい技を開発した。先祖代々、紀州家に奉公してきた石川家ならではである。

古来、紀州藩は鉄砲と火薬の生産を奨励していたので、諸国はもちろん長崎貿易で海外にも売られることとなった。紀州の硝石で作られる上質な弾薬は定評があった。火薬師のもとで、修業を積んだ石川は、それを江戸の花火でも生かすことを任された。

その一方で、先祖伝来の鉄砲術普及にも尽力し、軍学家としても、向上心をもって勉学に勤しんだ。お喜代の先祖も、同じく紀州の雑賀の出なので、ますます鉄砲や軍学によって、紀州徳川家に貢献をしていた。

しかし、代々続くその軍学一家ゆえに、災いが起きた。

諸藩の大名である老中・若年寄は、幕府の軍学以外に、紀州からの軍学を入れることに、抵抗したのである。当代の将軍・家慶には軍学を興隆させようという気などはなく、石川家にも当然その思いなどはなかったが、幕閣らが何かを恐れたのであろう。

紀州で優秀だった石川は期待されて幕臣に登用されたが、幕閣の意向で一介の御庭番に格下げとなり、将軍の身辺警護を受け持たされることになった。

いっぽうで、石川はその有能さから将軍家慶に信頼されていて、将来を嘱望されてもいた。それ故、異例ではあったがその後、佐渡奉行支配組頭という佐渡財政の要の役職に抜擢された。ゆくゆくは家禄を増やして、勘定奉行にもなれたかもしれない。

だが、そんな夢など惜しげもなく捨てたのだ。その理由は、

——もっと不遇な、哀れな浪人が沢山いる。

ということだった。

佐渡に渡り、諸国から送られてくる人足の中には、渡世人崩れが多かったが、武士で首を切られて浪人となり、やむなく送られて来る者もいた。幕府の安泰の裏には、多くの犠牲者がいるという証だった。

戦国の世は遠い。軍学など屁の突っ張りにもならぬ。だが、武士がいなければ、世の中は成り立たぬ。

「武士とは、政事をする者のことを言う。百姓を苦しめずに、町人に苦労させずに、本当に幸せな世の中を作るためには、礼節を弁（わきま）えた武士がまっとうな政事をせねばならぬ」

と石川は常々言っていた。江戸から離れたからこそ、実感したのである。

しかも、佐渡では、佐渡奉行自身が不正の温床を作っていたと知った。

ならば、不正に流れているものを、横取りして、本当に困っている者たちに渡そうと考えたのだ。だから、石川は、柏崎代官を丸め込んで、〝不正の不正〟……今でいうならば、横領金を横領したのだ。

ところが、事情を知った佐渡奉行は、それを逆手（さかて）にとって、石川を逆賊に仕立てたのである。しかし、深く追及していけば、とどのつまりは、佐渡奉行の不正も暴かれ、ひいては公儀の体たらくが露見することとなるに違いない。それゆえ、逆賊石川の〝悪行〟として、幕を引きたかったのだ。

和馬は一瞬、眩惑を覚えた。

「しかし、何故、石川様は、お光殺しを自分がやったなどと……」

和馬は他にも訳があるに違いないと感じていた。そして、ハッと息を呑んだ。

──もしかしたら、お咲は、子供を道連れにして、死ぬ覚悟をしているのではないか。石川が処刑されれば、お咲も後を追うつもりではないか……。

そう思うと、和馬は居ても立ってもいられなかった。

和馬が、その日記を吉右衛門に預けて、番町にある松平清隆の屋敷の門を叩いたのは、わずか一刻後のことである。石川の日記の中に記されていた佐渡奉行の屋敷である。

「佐渡にてあなたの部下であった、石川実之介様について訊きたいことがあり、参りました。突然ではございますが、ぜひにお会いして話したいことがございますッ」

佐渡奉行はふたりいて、二年交替で江戸と佐渡を往復していた。不正が分かりにくい役職のためである。松平清隆が今、江戸にいるのは幸いだったが、相手は家禄二千石の旗本。無謀なのは分かっていた。しかし、どうしても駆けつけてこざるを得なかったのである。

「お願い致します。ぜひ、ぜひに！」

門番は六尺棒を向けて、追い返そうとしたが、和馬は必死にしがみつくように、

「私はこれでも小普請組の旗本。追い返される謂われはない。さあ、松平様にお伝え下され。でなければ、お光のことを、すべて公の場でお話しすると！」

鬼のような形相なので、門番は一旦、門内に引っ込んで屋敷に知らせに走ったが、しばらくして出てきた。そして今度は、乱暴に和馬を摑むと、屋敷内に引きずり込んだ。

他にも数人の家臣が駆けつけてくるや、和馬を抱えるようにして、両刀を奪い取り、屋敷の裏手に連れていった。そこには、竹藪があって、離れ座敷の前に、いかにも奉行職らしい恰幅のよい侍が錦繡（きんしゅう）の羽織を着て立っていた。小さな池があって、鯉（こい）に餌を投げかけている。

和馬の屋敷と比べて、不要なほど大きな屋敷である。大身の旗本や大名の屋敷に何度も入ったことはあるが、表向きとは違って贅沢を尽くしている邸内だった。

松平はありあまった頬の肉を震わせて、

「石川のことで話があるとのことだが、おまえは何を調べておる、高山とやら」

「は、はい……」

鋭い目に、さすがに和馬も緊張した。しかも、その名のとおり将軍家とは縁の深い松平家一門のひとりである。

「――お光……深川芸者のお光のことは、よくご存じでございますよね」

「………」

「私は遠山左衛門尉様に命じられて、色々と石川実之介様の身辺を探っておりました」

卑怯だと思ったが、あえて遠山の名を出したのは、高い身分の相手を威嚇するためである。もっとも、小普請組の旗本に公儀隠密の役目をしている者がいることは、松平も承知しているためか、ピクリと頬を動かしただけだった。なので、特段、文句は言わなかった。

「素性のよくない女のようですが、以前、松平様にはよく可愛がられていたとか」

「何が言いたい。儂はまもなく隠居の身だが、おまえ如きに付き合うほど暇でもない」

「ならば、どうしてかような乱暴を働いてまで、ここに引き連れてきたのです」

「追い返そうとしても、しつこいと聞いたからだ」

「どうしても伝えたいことがあったからです。この際、はっきり言いましょう」

和馬はぐっと拳を握りしめた。

「お光は芸者でありながら、松平様の密偵として、働いておりましたね。佐渡奉行といえども、ほとんどは江戸暮らし。年に一度、いや、二年に一度くらいしか、佐渡には渡らぬとか」

「それが決まりだ」

「ですから、佐渡でのことは、すべて支配組頭に任せておいでです」

「当たり前のことを言うな」

「その支配組頭の石川様が新任で赴いてからは、少しばかりマズいことになった」

松平を睨み上げた和馬は、鋭い目を向けたまま、

「言っている意味はお分かりですよね。密偵を何人か放って、石川様の様子を探らせていたようですが、そのひとりがお光……この女は実は、あなたの忠実な僕でした」

「…………」

「ですが、石川様は、支配組頭を解かれて、いや、自ら辞めて、お光に近づいた。あ

なたの不正を暴くためです……たしかに、石川様は諸国の浪人たちに、佐渡金山から横流しされた物品や金などを分け与えていたかもしれませんが、それはあなたが着服していたもの」

「だから、なんだ」

「……正直に、話して下さいませんか。石川様が暴こうとしていたのは、あなたの不正であることを」

和馬がじっと睨みつけたが、縁側で立ったままの松平は、口元を緩めて、小馬鹿にしたように笑った。

「つまらぬことを……」

「何がつまらぬのですか、人がひとり無実の罪で処刑されるかもしれないのですぞ！」

「おまえは、いつから目付になったのだ」

「遠山様に……」

「ならば、儂が直々、遠山様と話をする。あの御仁がつまらぬ小細工をするわけがない。評定所で決したことを裏で覆（くつがえ）そうとしているというのか。違うであろう」

松平はニンマリと笑みを浮かべて、

「おまえが勝手に探っているだけだ。そうであろう」

「……どっちでも構いません。とにかく、お光を殺したのは、石川様じゃない。これは、あの船宿やお光の身の回りを調べた上で判明したことです」

和馬は前のめりになって、

「お光は、石川様に説得されて、ある程度までは、あなたの秘密を喋っていた……それがために口封じで殺された。もちろん、あなたの手の者に……」

「……………」

「違いますか？」

「ふん。馬鹿馬鹿しい」

鼻で笑った松平は、呆れた顔になって、

「やはり遠山様に頼まれてというのは嘘。公儀隠密や目付でもあるまい。小普請組とは所詮は無役の集まり。暇を持て余して、妄想に明け暮れておるのか。この際、遠山様にもしかと言っておこう。下らぬ輩に注意するようにとな」

「こっちは真面目に話してるんです。きちんと答えて下さい。でないと……」

和馬はさらに鋭く睨みつけて、

「無役には無役のやり方があります。つまり、失うものがないから、何も怖くないということです。むろん家格や石高も」

「…………」

「刺し違えてでも、本当のことを公に晒しますよ。きちんと話さぬというのなら、こっちには、あなたが佐渡でやってたことの証拠があるのです」

石川の日記のことである。

「出る所に出て、話をつけましょうか！」

と和馬は強く啖呵（たんか）を切ったが、それでも何か裏があるのか、松平は余裕の笑みで、

「おまえこそ、何を勘違いしておるのだ。儂の話を聞かせてやるから、近う寄れ……ほれ、近う寄れと言うに」

側に行けば、とたんにグサリと来る。和馬はそう感じたが、避けるどころか返り討ちにする自信はある。家臣たちが一斉に斬り掛かってきて、命を落としたとしても、吉右衛門に預けてある石川の日記が物を言うであろう。

「では、じっくりと聞かせてもらいましょうか」

息を深く吸ってから、和馬はゆっくりと、松平に近づいた。

七

「高山とやら……よう調べたと褒めてやりたいところだが……」

松平は床の間にある刀に手をかけた。

「――来るか……」

と和馬は身構えようとしたが、松平が手にしたのは刀ではなく、文箱にある一枚の書き付けであった。見事な達筆で書かれているが、それは石川と同じ筆跡であった。

「石川が儂に託した念書だ……」

「念書……」

「読めば分かろう」

「………」

「おまえが察したとおり、お光は儂が佐渡に放っていた密偵だ。佐渡奉行所には、公儀から送った役人と、現地で雇った役人がおるが、お互いがつるんで悪さをすることがあるゆえな。それを監視するための密偵じゃ」

生唾を飲みながら、和馬は文を読んだ。

「お光の方が石川に勘づかれて、逆に儂のことを色々と話しておったようだが……なんとまあ、別れた奥方が、お光のことを事もあろうに、石川の情婦と勘違いしたのだ」

松平は微笑して小指を立てた。

「ああ、勘違いしおったのだ。奴は……石川は本気で、浪人を集めて決起する気があったようだ。だからこそ、女房子供と別れ、病がちな母親だけは引き取って、いずれ憤死する覚悟だったのであろう」

「…………」

「だが、女とはまこと愚かなものよ……お光に亭主を返せとしつこく詰め寄った挙げ句、感情が高ぶって、簪（かんざし）で刺そうとした。だから、咄嗟（とっさ）に、お光は、女房を小太刀で斬ろうとした」

「ええっ……!?」

「こっちは鍛錬を詰んでいる密偵だ。お咲はろくに修行はしておらぬから、返り討ちにあって当然であった。しかし……」

「しかし？」

「その時、一緒にいた従兄弟の遠藤達之介が、素早く、お光を斬り殺した……のだ」

「ま、まさか……」

松平は薄笑いをして、その念書を取り戻してから、また文箱に戻した。

「つまり、石川の女房の従兄弟が、お光を殺したのだ。理由はともかく、人を殺したのだ。お光は儂の密偵ではあるが、ただの芸者として暮らしていた女だ。たまには旅芸人の真似もしていた。だから、当然、遠藤とお咲は、芸者お光殺しとして裁かれることになる」

「そんな……」

「事実だから仕方がない。そんなことになったら、石川の子供はどうなる。まだ五つだというではないか。母とその親族である従兄弟がそろって獄門になれば、どうなる。しかも、実の父は天下の逆賊……」

「…………」

「分かるな。石川はどうせ自分は、いずれ公金横領をした罪で裁かれ死ぬのであるからと、女房たちのために、お光殺しの汚名を着て、死地へ臨んだのだ」

「まさか、そんな……」

「まことだ。その裏取引をしてくれと、頼んできたのは、石川の方だ」

「嘘だ……」

「信じぬのならば、それでもよい。だが、この話は、遠山様はもとより……幕閣一同も承知していることである。おまえごとき小普請旗本が騒いだところで、蟷螂の斧」

「…………」

「身の程を弁えて、とっとと帰れ。それが、おまえのためでもある……そして、千晶とかいう娘もな」

和馬は角材で殴られたような気がして、頭の芯までクラクラしてきた。目の前の松平は、自分たちの動きすらも承知していたというわけか。ならば、遠山がわざわざ、自分を石川に接近させた理由はなんだと改めて自問した。

己の軽率を嘆いているのではない。世の中には、どうしても倒せない大きくて重い壁、動かしたくても微動だにしない岩があるということを厳然と見せつけられた思いだ。

「分かったら、立ち去れい。今度ばかりは、遠山様に免じて不問に付す。二度と目付の真似事はやめた方がよい」

「――なるほどな……」

和馬は頭を振ってから、自分でもおかしくなって大笑いした。

「幕府は何でも臭いものには蓋をしたがってる。ですが、松平様……俺は毎日のように、庶民の暮らしぶりを目の当たりにしているし、公儀の普請絡みで腐敗した輩も見てきました」

「…………」

「腐ったものの中に手を突っ込んでいる奴らは、自分の臭さには気づかないけれど、潔癖な人間には肥桶を被ったように臭うんですよ」

石川が母親に語ったように、和馬もまた友情のようなものを感じていた。

何事も、武道や将棋と同じである。礼に始まり礼に終わる。つまりは、誠意を尽くすということだ。だが、目の前の松平に礼など欠片もない。

しかし、和馬は、「自分さえ黙っていれば、それでいいのだ」と己を犠牲にする石川のような考えもまた嫌いだ。

「石川様は、間違ってる」

「ならば、女房と従兄弟が罪を……」

「お光の素性を正直に話し、松平様、あなたのこともすべて白日のもとに晒し、その上で、石川様は自分のしたことも明らかにすべきだった」

「まだ、分からぬか。そのようなことをすれば……儂がやらなくとも、石川の女房と従兄弟は死ぬ。幕府中枢に消される……犠牲とはそういう意味だ」

「納得できませぬ。誰が何と言おうとまったく理解できかねることです」

和馬が怒りの目で睨み上げて罵ると、ずっと我慢をしていた松平は、今度こそ刀を摑み、素早く抜き払った。

「分からぬ奴だな。そういうのを愚直というのだ」

「愚直で結構。斬るなら斬るがいい！　その代わり、幕閣もお奉行も相手にしないなら、あなたの悪事を天下におおっぴらに披露するまでだ」

「なに……？」

「石川様の日記……あなたの悪事をギッシリと書いた日記が、裏帳簿とともに残されてあったのですぞ」

「なんだと……」

「石川様は、それすら墓場まで持っていこうとしてるようでしたがね。余計なお節介だが、そうはさせぬ。松平様、あなたも一蓮托生ってやつで、罪を問われましょう」

「黙れ！」

松平が刀を振り下ろそうとした寸前、相手の懐に入り込んだ和馬は、腕を捻じ上げ、仰向けに倒した。ふわっと浮かんでから、したたか背中を打ち、松平は息苦しそうに咳き込んだ。

部屋に入ってきた家臣がすぐさま、和馬を斬ろうと抜刀した。

その時である。

「お待ち下さいませ、ご一同」

踏み込むのを留まった家臣たちの後ろには、伊藤看寿が立っていた。

御城将棋御三家である。

「か、看寿先生……」

先生といっても、松平の子供よりも若い青年である。和馬は地獄に仏を見たように、力がすうっと抜けてゆくのを感じた。

「高山殿、無茶はいけません。今の手は、将棋でいうなら、投了（とうりょう）ですよ」

「…………」

「詰（つ）むや詰まざるや……その先に山があって……そして裏をかくのが詰め将棋の極意。そうお教えしたはずですが」

看寿が淡々と説教でもするように言うと、松平は憤然と立ち上がって、埃（ほこり）を払い、

「先生。これは、御政道にまつわる話、先生には関わらないでいただきたい。いくら、上様の覚えがめでたくても、きつく叱られますぞ」

「御政道のことだから、物言いをつけているのです」

「物言いですと？」

「高山殿が、私の屋敷に来て石川実之介に近づいたのが、北町奉行の遠山左衛門尉様のお指図ならば、私を佐渡奉行……あなた様の屋敷に、指南役として出入りさせていたのは上様のお指図」

「な、なんと……！」

「その上様にそうせよと指南したのが、この御仁でございます」

手招きすると――廊下から現れたのは、吉右衛門であった。

和馬は一瞬、唖然となったが、今までも何度か、大層な身分の者に頭を下げられていたところを見ている。吉右衛門は人の良さそうな微笑みを湛えながら、

「この高山殿は、思わぬ伏兵というところですかな、松平様。敵に渡った駒は、なんでも恐ろしゅうございますぞ。なんたって上からでも下からでも、斜めからでも、どこにでも打てますからな。あはは」

と言うと、松平も恐縮したように震えていた。どうやら吉右衛門のことを、知っているような様子だった。

「遠山様は、持ち駒を打つために、高山殿を私の所に遣わしたのでしょうな」

看寿は吉右衛門に頷いて、懐から将棋の駒を松平に二枚差し出した。

「——これは……？」

「見てのとおり、王と飛車です」

さしもの松平も、上様が大切にしている将棋御三家の当主ゆえか、恐縮したように頭を下げた。看寿は松平の前に立ち、

「将棋御三家の伊藤は、大橋本家、分家とは違って、かような役目もあること、しかとご承知願いたく存じまする」

と毅然とふるまった。

つまり、将軍直属の大目付や目付の役目があるということだ。諸大名や旗本と将棋盤を挟んで相手と対局することで、本音や人間性を見抜き、上様に知らせるのである。

看寿は、家臣たちに刀を引くように言うと、

「どうです、松平様……今生（こんじょう）の思い出に、高山殿と一局、如何ですかな？」

「…………」

「将棋は武士道、御政道と常々、言っているあなたではありませぬか……正々堂々と、如何ですかな」

「…………」

「私と吉右衛門様が立ち会いましょう。指しているうちに、心が平静を取り戻し、ま

た新たな考えが浮かぶかもしれませぬ。将棋の本道はそこにあります」

凜と澄んだまなざしで、看寿は頷いた。

——こんな若造に何が分かる。

松平はそう言いたげだったが、もはやこれまで、と覚悟を決めたのであろうか。家臣に将棋盤を運ばせて、和馬を奥座敷に招いた。そして、一礼するや、おもむろに駒を並べはじめた。

パチ、パチ、パチ……と静かに、ゆっくりと時を刻むように、将棋盤に駒が置かれる音がするのを、吉右衛門はじっと聞いていた。

翌日——。

最期の対局となった座敷で、松平は潔く切腹をして果てた。

その傍らには、石川を不問にすることと、お咲と遠藤にもお咎めなしとするよう嘆願した書が、上様宛てに置かれていた。

和馬はこの日、将棋会所へ足を運ばなかった。毎日のように顔を出す深川診療所にも現れなかった。

何事かと、千晶までが駆けつけてきたくらいだが、和馬は自宅の部屋で、大の字になって寝っ転がったまま天井を見上げていた。

ふいに夏の蝶(ちょう)が舞い込んできて、行き先を探して部屋中を飛んでいた。

しばらく、ぼんやり見ていたが、そっと手を差し伸べて、障子戸の外へ誘ってやった。その先には夏草が伸び放題の裏庭があって、塀の向こうには、透き通るような青い空に、もくもくと入道雲が湧き上がっていた。

何処からともなく、水売りの声に混じって、吉右衛門の声が聞こえてきた。近所の子供たちと一緒のようである。

「——今日くらい、静かにさせてくれよ……」

和馬はまたごろんとなって、塀の向こうで眩(まぶ)しく光る入道雲を眺めていた。

第四話　腹切り長屋

一

お取り潰しになってから、阿波小松藩の江戸屋敷は取り壊されることとなった。

わずか一万石の大名とはいえ、徳川家譜代の家臣であり、戦国の昔は四国の名将・三好長慶に繋がる武門として知られている名家である。

深川は大横川沿いにある六百坪余りの屋敷は潰され、公儀の蔵屋敷が建つことになっているらしい。が、小さいながら小堀遠州が造ったとされる庭が見事なので、川沿いの桜並木と併せて、江戸町人の行楽場所にしてくれないかと、藩主の越智阿波守定時は切腹前に、老中・若年寄らに働きかけていた。

藩主が切腹を命じられてお取り潰しになるとは、よほどのことをしでかしたのであろうが、実はよく分かっていない。越智阿波守定時は奏者番という、将軍家と大名を取り次ぐ重い役職を担っていたことがあるが、滑舌がよくなく、物覚えもいまひとつだったせいか、大切な儀式の折に名前や官位を間違えたりした。元々、上がり症でもあったために、堅苦しいことが苦手だったのだ。

そのため、大きな失態をやらかしてしまった。諱や守名乗りを少し間違えるだけでも切腹ものだが、完全に人を間違えてしまったのだ。加賀百万石の藩主を、三万石の小藩の大名と席次を間違えた上に、そのことで慌てて、名前を間違えるという信じられぬ失敗をしたのである。

——慌て者のアワアワの守。

と渾名された越智阿波守は、評定所の吟味によって切腹となったが、その前に自邸で自刃して果てていた。

『雲遥か桜の峰に散る渚　夢見し故郷や死出に立ち寄り』

短冊に書かれた辞世の句が、自刃の場の三方に置かれていたという。

人は分に応じた仕事や職務に励むべきで、できないことを無理にしようとして失敗をして、下手をすれば死ぬことにもなる。越智は常日頃から、

——分を弁えよ。不平不満を言うな。自慢話をするな。

というのを繰り返し家臣に話していたが、自ら望んでいなかった奏者番という重職のために死ぬことになろうとは……書をよくし、絵筆を取るのも好きだった越智には政事は向いていなかったのかもしれぬ。藩主として生まれたことを苦痛に思っていた節もある。何をやっても〝殿様稼業〟だと、家臣たちには随分と暢気そうに見えたようだが、当人にしか分からない苦悩があったのだろう。その苦悩を間近で見ていたのが、志野という奥女中であった。

志野への越智の信頼は厚かった。腹が痛いとか風邪を引いたとか、爪が割れたといっては、志野を呼びつけて面倒を見させていたが、姉のように慕っていたのである。越智よりも数歳年上なのだ。

「実に残念無念でございますね、志野……」

正室の綾那の方が、気遣うような声をかけた。

「殿はわらわよりも、そなたと気が合っていたしのう。腹を召される前にも、志野のことを案じて、家老らに色々と遺言を残しておったそうじゃ」

「さようでございますか。私、ちっとも知りませなんだ。ええ、殿様が城中で失敗をしていたことをでございます。名前を間違えたり、席次を違えたりしたくらいで、命まで取られるとは、今更ながら、お武家とは厳しいものでございますね」

しみじみと語る志野に、綾那の方はニコリと微笑(ほほえ)みかけて、

「わらわよりも、志野と過ごした時の方が遥かに長いゆえな……もう五十年余りになるか……行く末が心配だったのであろうのう」

「はい……」

志野が国元である阿波小松城に預けられたのは、三歳になったばかりの頃であった。これには、ちょっとした訳がある。

切り立った四国山脈を仰ぐ白砂青松の小松藩には、海亀がよく上がってきていた。産卵のときに限らず、甲羅を日干しするかのように現れていた。亀甲紋が家紋であるのも、その土地由来のめでたい言い伝えがあるからだろう。まさに亀は小松藩にとっては、守り神のようなものだった。

あるとき、海亀が赤ん坊を背負って歩いているのを、漁師が見つけて、庄屋の所へ運んでいった。状況から見れば捨て子なのだが、生きていたのが幸い、庄屋が面倒を見ることになった。

だが、その女の子を育てているうちに、庄屋屋敷には枯れたはずの梅が咲き、里村の桜にも花が開き、旅人が大勢訪ねてきたり、寂(さび)れていた湊に瀬戸の島々から船が沢山来るようになったりした。交流が増えると、藩の財政も潤うようになる。まさに、

亀が連れてきた子が、幸運も運んできたという噂が領内に流れた。

それが、志野であった。

時の藩主は、家老らを遣わして、庄屋から、志野を城に上がらせよと命じた。幸運にあやかろうというだけだったが、身分は奥女中として、殿の側に人形のように置いておくだけであった。

志野が藩の幸運を運んだかどうかは疑問であるが、たしかに、それまで子宝に恵まれなかった時の藩主に、跡継ぎができた。定時のことである。

その頃、志野は六歳になっていたから、丁度よい遊び相手である。もちろん、奥女中らが丁重に定時を育てたが、定時が三つになれば、志野は八歳。越智が十歳になれば、志野は十五歳だから、本当に頼りになる姉として育ったも同然だった。

長じて、綾那の方を正室に迎えたが、幕府の許しを得た上での、大名同士の血縁であるから、庶民のように好いた惚れたの仲ではない。祝言を挙げたその日ですら、越智はその報告を志野にしたほどである。

参勤交代の折には、江戸屋敷に連れていったし、寺社奉行や奏者番として幕府の役職に就いて江戸詰めになったときも、必ず同行させた。

「まるで夫婦か、仲の良い姉弟のようでございまするな」

というのが、家臣たちの感想で、端から見ていても実にほのぼのとしていた。妙ないやらしさがないから、奥女中の間でも嫉妬や羨望の類はまったくなかった。それゆえ、綾那の方も〝焼き餅〟など妬いたことがなかった。

「で……どうするのじゃ、志野」

綾那の方も行く末を案じていた。御家がなくなれば当然、奥女中の役割もなくなってしまう。綾那の方は実家の大名家に戻って余生を過ごし、他の奥女中たちも大概は裕福な商家か下級武士の出だから、実家に戻って、それなりの暮らしができる。

しかし、志野には帰る家などない。庄屋夫妻は遥か昔に亡くなっており、その縁者はいないではないが、今更、老婆となった志野の面倒を見るのはきつかろう。

「私のことなら大丈夫ですよ、奥方様。亀に運ばれてきたのですから、何処ぞの海辺を歩いておれば、また亀が迎えにきてくれるかもしれませぬ。亀は万年も長生きするというから、私を連れてきた亀はまだ海の中を、うろうろしているかもしれませぬ」

いかにも上品な言い様で事も無げに言う志野に、綾那の方が頭を下げて、

「すまぬな、志野……でも、おまえひとりくらいなら、わらわの実家で面倒を見ることができよう。どうじゃ、一緒に参らぬか。越後の国ゆえ、冬の寒さは厳しいが、住めば都ぞよ」

「ありがとうございまする。でも、考えてみれば……」

と遠い目になって、志野は呟くように、

「私は三歳のときに小松に上がり、後は江戸屋敷の中だけ……いわゆる世間というものを、生まれてこの方、見たことがありません。そりゃ三歳までのことも、うっすらとは覚えておりますが、まったく城やお屋敷の中だけが、人生のすべてでございました」

「そうよのう……それをいえば、わらわも同じじゃ」

「もう六十を過ぎました。ですから、いま一度、ふつうの暮らしというのを垣間見てみたいものでございます。冥途の土産に……といっても、冥途で待ってくれているのは、お殿様しかおりませぬがね」

「さようか。それもまた、余生として楽しそうじゃのう」

共感したように綾那の方は頷いて、志野の手を優しく握りしめた。

「当座の困らぬほどのものは渡しておきます。もし、足らなくなったら、いつでも中間の喜八に命じて、実家の江戸屋敷まで取りに来させなさい。喜八は実家の中間をさせることにしていますのでね。おまえとも懇意であったでしょう？」

「はい。今時、珍しい若い衆です」

「若い衆……喜八もそろそろ、四十ですからね。余所(よそ)では使い物になりますまい」

「ええ、そうでしたね。月日が経つのは、本当に早いものです。光陰矢のごとし……昔の人は本当のことしか言いませんね」

溜息混じりに、小堀遠州の庭を見廻しながらも、志野は新たな門出を迎える少女のような爽やかな顔になった。そして、目に焼きつけるように屋敷を眺めた。

「お名残惜しゅうございます」

しみじみと言う志野に、綾那の方は念を押すように言った。

「外へ行っても、主家(しゅか)のことは口外してはなりませぬよ。御公儀に取り潰された藩の女中などと言えば、そなたも卑屈な思いをせねばならぬし、信頼もされぬであろう。何より、亡き殿が不憫(ふびん)です。お取り潰しになったと人の噂が続けば……」

「よく承知しております。殿様の不名誉になることは、決して言いませぬ。私がここでお世話になったことも」

「いえ、そういう意味ではありませぬぞ」

「分かっております。綾那の方様のお気持ちを、私は重々、承知しておりますれば」

志野はそう言って、もう一度、庭を眺め廻すのであった。

二

深川材木町にある『信州屋』は、訴え事や陳情の人々でごった返しており、険悪な雰囲気が広がっていた。

材木問屋『信州屋』の主人・勝左衛門は、深川町名主の総代でもある。ゆえに、奉行所や町年寄に訴える事案で、深川一体に関わることが常に持ち込まれていた。数十人の様々な職人たちが押しかけていて、番頭の弥兵衛では対応できず、居合わせた高山和馬が落ち着くように制していたものの、厳しい声が飛んできていた。

その訳は、富岡八幡宮の近くにある棟割長屋が数軒、公儀の意向で取り壊されることになったからだ。新しい道と掘割、船着場などを造るという。住人にとって利便性のある施設ゆえ、棟割長屋は立ち退けというのだ。長屋に住んで仕事をしている桶屋、表具屋、金具屋、鍛冶、竹細工師、紙漉や墨屋などがドッと押し寄せていたのは、

「俺たちの仕事場や暮らしを奪うのか！」

という激しい抗議のためだった。町名主や家主、地主らが先頭に立って、新しい普請の撤回を強く求めているのだ。

「待て、待て。新しく何かを造るわけではない。あんたたちの長屋は古すぎて、ちょっとした地震でも潰れかねないし、火事になったときに延焼しやすいのでな……」

「そんな言い訳は、『信州屋』さんらしくないですな」

人波を掻き分けるように入ってきたのは、井桁模様の羽織を粋に着こなした、大店の主風の四十絡みの壮健そうな男であった。富岡八幡宮の参道にある両替商『藤乃屋』の主人・奈良衛門であることは、和馬たちにはすぐに分かった。

「これは『藤乃屋』さん……そういえば、『藤乃屋』さんの地所も、あの辺りに……」

番頭の弥兵衛が曰くありげに声をかけると、奈良衛門はすぐに返した。

「ええ。ですが、今回の話は立ち退きとか、建て直しの話ではありませんでしょう。御定法を変えるための犠牲を私どもに強いているだけではありませんか」

「御定法を変える……？」

「惚けないで下さいまし。老中首座の水野忠邦様は御改革をお進めになられ、特に江戸支配のために、色々と新たな法を作っておいでではありませんか」

法の改正は幕府の専権事項だが、庶民にとっては、それまでとは打って変わって、色々と厳しくなる恐れがあったので、危惧していた。事実、ちょっとした罪で処刑されるようになり、例えば大八車などの事故で、かつては大した罪にならなかったものも流罪になった。

今般の立ち退き騒動は、お上が町人に対して直接的な危害を加えるものではなかったが、逆らって町奉行の言うことを聞かないというだけで、「不届至極」ということで、下手をすれば八丈島送りにされるという噂が立ったのだ。

「いやいや。それは事実ではない。お上に逆らっただけで流罪になるなんて、そんな馬鹿なことはあり得ない」

和馬は横槍を入れて丁寧に話そうとしたが、奈良衛門は目を見開いて、

「高山様は人助けばかりして、お心が優しいからそう言われるが、実際には町方役人が押し寄せてきて、長屋で寝たきりの爺さん、婆さんを追い出そうとまでしてますぞ。そんな非情なことが罷り通ってよいのでしょうか」

「まさか、そのようなことをしてるとは、思えないが」

「酷いものですよ。殊に、北町同心の古味様なんてのは、貧しい者は野垂れ死にするのが当たり前とばかりに、岡っ引の熊公とともに罵詈雑言を浴びせてます」

「まさか……」

「本当です。私はこの目で見ました」

「たしかに、金持ちの大店からは袖の下なんぞを貰ってるようだが、弱い者には情け

深い人のはずだがな、古味さんは」

「高山様の前では良い顔をするのでしょう。私のみならず、大勢の者たちが目の当たりにしてますからね。住人を虐めるところを」

和馬も、「古味ならあるいは……」と思ったが、奈良衛門は当然という物言いで、

「あの長屋は……他の長屋も含めて、六軒ほど並んでいますが、ぜんぶひっくるめて、〝田楽長屋〟と呼ばれてます。建物が古いから煮染めた蒟蒻のように黒くて、真ん中を通っている溝が一本の串のように見えてね。たしかに、永代寺の鐘楼から眺めても田楽に見える」

田楽とは小腹が空いたときに凌ぐだけのものだ。ゆえに、田楽長屋もその名は、雨露を凌ぐだけという意味合いもあった。

「住人たちは、職住が一緒の職人が多いけれど、どの住人もまあ腕は一端とはいえず、どちらかといえば、世間から取り残されているような人たちだ。仕事の要領も良くないから、稼ぎも悪い。だから、注文も少なくなって、店賃が滞っている人も多いんですよ」

「だから、あなたが立て替えてる」

「まあ、そういうことですが、私も慈善でやっているわけではありませんのでね。稼

ぎが入れば返してもらうし、利子も戴いておりますよ。しかし……」

奈良衛門は正論を言っているとばかりに、ひとつ咳払いをして、

「ところで、『信州屋』のご主人はいないのですかな」

と問いかけると、弥兵衛が申し訳なさそうに答えた。

「はい。今日は用事があって……」

「どうせ、悪いことを画策するためでしょ。私たちを虐めるための。よいですかな、番頭さん。腕が少々悪いとか、仕事ができぬことを理由に、長屋を潰すとはあんまりではありませぬか」

「誰がそのようなことを……うちを含めて、深川の材木問屋は誰ひとり職人を首にしたりしていませんよ」

近頃は、不景気ですぐに仕事を辞めさせる大店なども増えている。だが、『信州屋』は町名主以前に、深川材木問屋肝煎り(きもいり)としても常日頃から、職人とその妻子たちの面倒を見ているのだ。

「うちの主人は、長屋の住人たちには、きちんと話したはずです」

「どういう話を？」

「長屋が古すぎるから建て替える。その際、場合によっては、代替地を用意した上で、

今の場所は船着場や道、掘割にするかもしれないということをです」

「ほれ。結局、追い出すのですな」

「まあ聞いて下さい。更地にした後で、北町奉行の遠山様らが検討してから、決定されるとのことです。町割りについては、うちの主人も意見を述べたり、お上が決めたことを施行することはありますが、まずは長屋の人々に何処に移ってもらうかを決めるのが、町名主としての務めです。ですから……」

「言い訳はもう結構ですッ」

苛ついた調子で、奈良衛門は遮った。

「あれこれと言い繕ってはいるものの、とどのつまり、お上は強引に土地を取り上げ、都合の良いように江戸の町を造り直そうというだけではありませぬか」

「…………」

「我らの長屋がある所は、大横川にも小名木川にも出やすい所ですから、新たな公儀の船溜まりにするには好都合。だから、住人のためと言いながら没収するつもりでしょう」

奈良衛門は自説を滔々と流れるように続けた。

「しかも、近頃は、落首や軽口に対しても、町方の取り締まりが厳しくなりました。

芝居でもそうです。名奉行との誉れが高い遠山左衛門尉様にして、浄瑠璃の上演を禁じたり、心中し損なった者には極刑を科したりしているではないですか。これが庶民虐めでなくてなんでしょう」

たしかに、天保の飢饉の影響で、江戸にも渡世人や無宿人が流れ込んできて、殺しや押し込みなど物騒なことが多発している。ゆえに、封建体制を崩しかねない不埒な者や風紀を乱す輩は許さないという強い方針だった。

御定書百箇条においても、連座制を廃止にしたり、残酷な耳削ぎや鼻削ぎというものをなくして入れ墨や敲きなどに変えて、刑罰を軽くしたような一面もある。だが、不義密通の情愛を美化したり、仁義や忠孝などの理由で自害するということは断じて許さなかったのだ。

奈良衛門はハッキリと言った。庶民に暗くて、物を言いにくい世の中にすることに断固、反対だと。

「それは、俺とて同じ気持ちだ」

和馬はまたぞろ横から割り込んで、そう言った。そして、勝左衛門や弥兵衛を代弁するかのように、

「お上は決して何かを隠していて、おまえたちを騙して土地を取り上げようなどと思

っていない。俺も小普請組旗本として断言できる。新しい御定法によって、町人を苦しめることはない。すべて、みんなのためなんだ」

と言ったが、奈良衛門は聞く耳を持たぬとばかりに返した。

「いいえ、まったく納得できませせぬな。これまでも繰り返し御定法が変えられてきましたが、必ず良いことを言って、知らぬうちに私たちが苦しむことになっている。沽券のことでも、そうではないですか。間口に応じて上納金を払えなんていうのは、どう考えても納得のできない考えです」

「それとて、裕福な者から貧しい者へ分配するための方策だと思うがな。何事もすべてに良いということはあるまい。何処かで何らかの妥協を見つけることが、政事の務めでもあるのだからな」

「ほら。高山様も、お上だから、そのようなお考えをなさる」

「…………」

「本当に困っている人々の声を、真摯に聞いてみて下さいまし。高山様は自らの禄を貧しい人たちに恵んでいるようですが、物や金が欲しいのではありません。自分たちのささやかな、爪に火を灯すような暮らしを、そっとしておいてもらいたい。勝手にさせておいてもらいたい。願いはただ、それだけなんでございますよ」

切実に語る奈良衛門の顔を見ていて、和馬はもう何も言い返さなかった。庶民のその思いは事実だからだ。それでも何度でも、住人たちと顔をつき合わせて、本音を聞きたいと感じていた。

三

田楽長屋と呼ばれているのは、六軒続きの棟割長屋の総称で、四十八の部屋がある。六軒それぞれに長屋名はあるが、木戸口もきちんと分かれていないので、住人たちも自由に往来している。大家たちも、その方が暮らしに便利でよいと言っている。

たしかに古びていて薄汚れているが、井戸端や溝は綺麗に掃除をされており、夏草が無駄に生えておらず、苔むしてもおらず、厠も蛆が湧いている様子はなく、極めて清潔な感じがする。住人は職住一致の職人ばかりなので、己の仕事っぷりを大切にしているから、自ずと身のまわりを整理整頓する習慣があるのであろう。取り潰してしまわねばならぬような長屋には見えなかった。

長屋のあちこちから、槌を叩いたり、金物がぶつかったり、鋸が挽かれたりする音が聞こえていたが、赤ん坊が聞いていても心地よさそうな響きであった。井戸端のおかみさん連中も、何が楽しいのか年頃の娘のように、はしゃぎながら洗い物をしていた。

そこへ、ぶらりと、志野が木戸口から入ってきた。

なくなった阿波小松藩の奥女中である志野は、見知らぬ町にでも迷い込んだように、あちこちを珍しそうに見ている。武家女のいでたちで、見るからに高そうな加賀友禅(ゆうぜん)をまとっている。長屋暮らしとは縁のない人だなということは、井戸端でたむろしているおかみさん連中には一目で分かった。

「誰か、探してるのですか？」

おかみさんのひとりが声をかけた。

振り返った志野は申し訳なさそうに頭を下げて、

「おひやを一杯、所望できますでしょうか」

「しょもう……ああ、水ですね……ちょっと待って下さいね」

返事をしたおかみさんは、自分の部屋に飛び込んで水瓶(みずがめ)から杓(ひしゃく)で掬(すく)って出てきたが、あっと気づいて戻り、湯飲みに注ぎ直して、また飛び出してきた。

「ささ、どうぞ。江戸の水は日の本一といいますからねえ」

「私は、志野と申します」

丁寧にお辞儀をしてから、志野は湯飲みを受け取り、まるで茶席のように丁寧に扱って少しずつ飲み干した。

「ほんに、よいおひやでございました」

「どういたしまして。私は、お邦。この辺りにいるのは……」

井戸端を指しながら言いかけたお邦は、途中でやめて、

「まあ、いいよね、名前なんか。ところで、誰かの部屋を探しているのですか」

「ここは一体、何をする所なのですか？」

「え？」

「実に楽しそうな笑い声が聞こえたので、立ち寄ってみたのですが、みんなで集まって何をなさっているのでしょう」

「なさってるのでしょうって……住んでいるだけですよ」

「住んでいる。ここに？」

ぐるりと長屋全体を見廻した。その仕草は能楽師のように厳かでゆっくりとしていて、なんとも風格があった。

おかみさんたちはその様子に首を傾げながら、

「何処そのお武家の奥方かねえ」

「だとしたら、とんだ所に迷い込んだものだわ」

「ほら見てごらん、あの物珍しそうな目」

「きっとかなりのご身分の方で、町場なんぞに出たことがないんじゃ」

「そうかな……ただの阿呆にしか見えませんがねえ」

などとボソボソと声を交わしていたおかみさん連中に、

「実によろしい所でございますね。トンカンと色々な音が聞こえておりますが、ちょっと覗いてもよろしいでしょうか」

「ええ、ようござんすよ」

と、お邦は答えた。

「でもね、仕事をしていると、人に見られるのを煙たがって乱暴なことを言う人もいるから、気をつけた方がいいですよ」

「仕事？ 住んでいるのではないのですか」

「ここでは仕事もするし、寝起きもする。そういう長屋ってのを、奥方様はご存じないのですか」

ほんの少し嫌悪の情を込めて、お邦は返したが、志野はニコリと微笑んで素直に、

「知りませんでした。ほんに世間知らずで申し訳ございません」

と礼をした後で、

「けれど、私は奥方ではありません。ただの女中でございますので、遠慮なく、志野と呼び捨てにして下さいまし」

そう言ってから、長屋のあちこちを覗き始めた。戸は開けっ放しになっているので、桶屋や鍛冶、飾り職人、鋳掛屋などが自分の部屋で仕事をしている様子がよく見える。物珍しそうに目を輝かせて歩き廻っている志野の姿を眺めながら、おかみさんたちは、

「やっぱり、頭がおかしいんじゃないのかねえ」

「いやいや、あの物腰は年季の入った上品さだよ。ほら、大家の娘さんが、どこぞのお旗本に女中奉公したじゃないか。それと比べても全然、違うもの」

「だねえ。女中ってもよ、もしかして大奥にいたとか」

「私は本当は何処ぞの奥方と見たね。わざと下女のふりをして、私ら庶民の暮らしを垣間見ているだけじゃないかな」

「暇潰しさね。いいご身分だこと」

「もしかしたら……探りに来たのかもしれないよ」

「探りに？　何をさ」

「この長屋を壊して、立ち退かせたい奴らの手先かもしれない」

「ああ。なるほど……」

思い思いのことを話していると、きゃあと驚きの声を発して、志野がピョンと跳ねた。おかみさんたちが目をやると、紙漉職人の仲蔵（なかぞう）の部屋の前で立ちつくしている。志野の顔にちょっと紙の材料の飛沫（しぶき）がかかったのだ。

「何処の奥方様か存じやせんが、そんな所に突っ立ってると、綺麗なお召し物も汚れてしまいますぜ。ささ、行ったり行ったり」

三十半ばの仲蔵は、丁度、志野の子供くらいの年齢であろうか。作業をしながら、仲蔵が声をかけると、志野は興味深げに目を輝かせて、簀（す）の子のような道具で手際（てぎわ）よく紙を漉いているのを見て、深い溜息をついた。

「見事な手捌（てさば）きでございますねえ」

「……だから、また飛び散っても知りやせんよ」

「何をしているのですか？」

「見りゃ分かるだろう。紙を漉いてるんだよ。こうやって……」

と道具から半畳ほどの大きな濡れた紙を、さらりと傍（かたわ）らの台に置いた。すでに何十枚も重ねられている。

「紙ですか……へえ……そうやって作るんでございますねえ……私、何も知らないものですから、珍しくって」

紙はコウゾ、ガンピ、ミツマタなどの植物の繊維を原料として、中国から伝来した溜漉(ためすき)という技法に、皮や根などの抽出液を混ぜる日本独自の手法を加えて、質感のよい和紙を作ることに成功した。『延喜式(えんぎしき)』にも、その工程が残されている。

もっとも、紙漉の匠(たくみ)の技は言葉では伝えにくく、また一子相伝(いっしそうでん)の面もあり、門外不出の秘法でもあった。だが、印刷文化が庶民に広がりを見せた江戸時代になって、諸藩の殖産興業として紙漉が奨励された。それによって、江戸の文字文化、絵画文化が高度になり、爆発的に拡大したのである。まさに、紙のお陰だった。

「拝見してもよろしいですか」

「邪魔しないなら見ててもいいけどよ」

「失礼ですが、お名前は」

「仲蔵でえ」

「おや、歌舞伎役者さんのような……」

仲蔵はチラリと志野の顔を見て、なんだ「婆ア(ばば)か」と小さく呟いた。声だけを聞いていると、娘のようだったからである。

「はい。婆アです」

「……聞こえてたのかよ」

「耳だけはいいんですのよ。けれど幼い頃から、まったくといっていいほど、屋敷から出たことがないものですから、本当に何もかもが新鮮で、さっき食した〝みたらし団子〟というのは、物凄く美味しかったです」

「……そうかい。俺たちゃ飽きて、食う気もしねえがな」

調子よく作業を続ける仲蔵に、ニコニコ微笑みかけながら、

「あんな美味しいものを飽きるほど食べられるなんて、よほど裕福な暮らしをなさっておいでですのね」

「…………」

「いいなあ。ここは、まさに極楽ですね。お仕事をして、そして、仲の良い人々と一緒に寝起きができて、美味しいものをたらふく食べられる。幸せの極みですね」

「からかってるのか、婆さん」

「志野と申します」

「俺たちゃね、貧乏暇なしって奴で、働いてないとおまんまが食えないんだよ。あんたのように何もしないで優雅に暮らせるご身分じゃないんだ。邪魔、邪魔ッ」

「相済みません。でも、もう少し見させて下さい。紙は私たち、毎日、お世話になっ

ているものです。紙がなければ困ることが沢山ありますものね」

「こりゃ、嬉しいこと言ってくれるね。苦しいときの神頼みっていうがね。神様と紙は、身近にあっても、その有り難みに気づかないものなんだよ。でも、あんたはどうやら違うようだ。いいよ、ゆっくり見ていきな」

褒められて気分がよくなったのか、仲蔵は調子よく紙漉道具を動かしていた。

そんな様子を――。

少し離れた棟割長屋に挟まれた細い路地から、古味と熊公がじっと見ていた。そのふたりの表情が妙に固まった。

「あの婆さん、迷うことなく、仲蔵の所に行きやがった。もしかすると、こっちの事情を知ってる奴かもしれないな」

と古味が言うと、熊公も頷いて、

「へえ。おそらく、そうでしょう。張ってましょうか」

「うむ、そうしてくれ。もしかしたら、長屋を潰すのを反対している奴……『藤乃屋』あたりが遣わした者かもしれぬ。あの婆さん、すっ惚(とぼ)けた感じだが、物腰から見て、武道もかなり鍛錬しているようだ。ぬかるんじゃないぞ」

目つきが鋭くなった古味の視線の先には、手品のように紙ができあがる様子を子供のように見ている志野の姿があった。

四

両替商の『藤乃屋』は富岡八幡宮近く、大店が並ぶ界隈にあった。上方から出てきたのが十数年ほど前。大坂でも堂島に店を構えていて、米相場でかなり儲けたようだが、その金で江戸に店を構えた。ゆくゆくは富岡八幡宮に参拝に来る客を相手に、新たな茶店や料理屋、旅籠などを造りたいと思っている。

だが、江戸へ来て感じたのは、大坂よりも不景気だということだった。進取の気性は上方商人の方で、江戸っ子は「宵越しの金は持たねえ」などと豪毅に聞こえるが、実は金がないが見栄を張っているとしか、奈良衛門には思えなかった。そういえば、吉原で一晩で何千両も使った紀伊國屋文左衛門も上方商人だ。奈良衛門は、紀伊國屋文左衛門に対抗して遊び尽くした奈良屋茂左衛門にあやかって父親がつけた名だ。

なかなか新たな事業に金を出してくれない江戸商人たちに見切りをつけて、自分なりに頑張っているところだ。が、思うようにいかないのが商売だった。

『藤乃屋』の実態は金貸しである。商売に使う金を色々な商人に貸して、その利子で儲けたり、預かった金を運用して利益を生んだりしているものの、どちらかというと貧しい人たちに貸しているために、ふつうの両替商のように左団扇(ひだりうちわ)では暮らせなかった。ましてや、此度(こたび)の長屋の取り壊し騒動などに反対する頭領役に担ぎ出されれば、お上に睨まれる立場にもなる。

——損な役廻りばかり受けるわい。

というのが奈良衛門の本音で、自分の人の良さに、我ながら呆れ返っていた。

「ええ、ごめんなさいませ」

暖簾(のれん)を割って入ってきたのは、志野であった。見るからに上品で、着物も質(しつ)、柄(がら)ともに良いものだから、思わず奈良衛門も気が張り詰めた。

「御用は何でしょうかな」

愛想は良くないが、人を惹きつける穏やかさがあった。志野の方も人見知りをしない雰囲気であるから、奈良衛門はすぐに肩が楽になって、

「うちは金貸しですが、何なりとおっしゃって下さいまし」

「借りたいのはお金ではなく、こちらが持ってらっしゃる長屋でございます」

「長屋……」

「田楽長屋とおっしゃいましたか。私はまだ食べたことがありませぬが、大層、美味

しいものらしいですね。みたらし団子とどちらがいいでしょうか」

「……そうですな」

奈良衛門は大坂生まれらしく何か洒落(しゃれ)のひとつでも言おうと思ったが、

「うちの長屋は関東煮(かんとうだき)のように、よく染み込んだ連中が多いからこそ、田楽長屋というんですよ。職人だらけだから、気性も決して甘いことはありません」

「は？　何がおっしゃりたいので」

「いや、つまり……奥方様のようなお人が持つほどの家屋敷ではないということです」

家屋敷とは、建物ではなくて、土地のことを指している。土地を所有するには、今でいう登記簿のような役目の〝沽券帳〟とか〝沽券状〟と呼ばれる売買証文を交わしたが、厳密な形式があったわけではなかった。大坂や京では町奉行の許可が必要だったが、江戸では〝所有権〟で揉めているような特殊な場合は除いて、町名主と五人組の立ち会いのもと署名を町奉行所に出せば、大概(たいがい)、許しが出た。

当時は、関八州などの豪農が、絹や染料、塩、砂糖など特産物の商売で長者や分限(ぶげん)者(しゃ)となり、江戸に家屋敷を持つことが多かった。何百両、何千両という金を注ぎ込んで地所を持ち、長屋を営んで、地代や店賃という収益を上げていたのである。地価は安定していたので転売をして儲ける者は少なく、大概の商人は自分の商売のための店舗や蔵として使っていた。

だから、奈良衛門は志野を一目見て、

——どこぞの金のある武家か商家の奥方で、たまたま長屋を営んでみようか。

と思っている女と思ったのである。事実、家屋敷や金を親兄弟や亭主から相続した女は少なからずいて、優雅な老後を楽しもうというのも多かった。志野もその手の女で、長屋を棟ごと買って、店賃暮らしでも考えているのかと、奈良衛門は勘違いをしたのだ。

「長屋の一室を貸してもらいたいのです」

「一室だけ……」

「はい」

「ああ……でも、あなたのようなお方が、あんなむさ苦しい所では……何かご事情があるのですかな」

「ええ。屋敷がなくなってしまいましてね。住む所を探していたのです」

「屋敷がなくなった……火事か何かですか」

「いえ。主人が亡くなったもので」

「あ……そうでしたか。これは知らぬこととはいえ、失礼をば致しました」

「いいえ。今頃はホッとしているかもしれません。長い間、神経のすり減るような辛いお勤めでしたから」

「奥方様も辛うございますな。お悔やみ申し上げます」

　奈良衛門は丁寧に頭を下げて、

「ご主人を亡くされて、お困りなのはよく分かりますが、奥方様がおひとりで暮らせるような長屋ではありませんよ。ガサツで偏屈な連中ばかりでございますからな」

「そんなことはありませんよ。私、さっき紙漉の仲蔵さんの仕事ぶりにとても感銘を受けましてね。それから、桶職人の染五郎さん、飾り職人の勘三郎さんや蠟燭職人の幸四郎さんにもご紹介下さって、色々と拝見できてとても有意義でございましたの。みなさん、名前もお顔も、歌舞伎役者みたいで男前ばかりだし」

「そ、そうですかね……あなた、男を見たことがありやすか」

「もちろん。殿様は立派な御仁です」

「…………」

「お陰様で、縫い物屋をしているおかねさんに頼んで、内職とやらもできるようにしました。私も少々、縫い物の方はやっておりましたのでね。あの長屋にいれば、お仕事も幾らかできそうで、好都合でございます。うふふ」

　困っているのか楽しんでいるのか分からない様子の志野を、奈良衛門はまじまじと見つめた。そして、不思議そうな目になったが、何となく納得して、

「なるほど。もしかして、奥方様は私たち庶民の暮らしが珍しくて、自ら体験してみたいのですね」

「ええ。珍しいことばかりです」

「まあ、それもよろしかろう。何でもかんでも揃っていて、苦労をしなければ頭が惚けるともいいますしな」

「惚けたくはありませんねえ。ぴんぴんころりが、ようございます」

「なんですかな、それは」

「長屋のおかみさん方から聞きました。いつまでも元気でいて、寝たきりにならずにコロリとあの世に逝ってしまうことです。まだ私はもう少し先に願いたいですがね」

「まだまだお若いですよ。こうして、ひとり暮らしを始めようなんて考えているのですからね。丁度、よかった。一部屋空いたばかりなので、あなたがいらして下さったら、こちらも助かります。では、早速……」

　奈良衛門は賃貸しの値段や習わしなどを話しながら、志野が来た道を二人で戻った。

大横川河畔には、自身番や木戸番などが点在し、治安が良いのはもとより、髪結床、湯屋、炭屋、薪屋などの暮らしに必要な店も充実していた。だが、奈良衛門の地所がある界隈は、幾人もの地主が複雑に入り組んで持っていたので、しっかりと纏まっていない所もある。それゆえ、住人たちの意見も微妙な違いがあって、今般の立ち退き騒動も足並みが揃っているとはいえなかった。

例えば、職人のような居職と棒手振りのような出職では、一日の稼ぎも違ってくるので、店賃にも多少の差が出てくる。同じ広さの長屋でありながら、店賃に差があると、何か事があると、住民の間で不満の種になるから、地主としては腐心するところであった。

奈良衛門の長屋はなかなか立派なもので、間口十五間に裏行き二十間あり、表通りに面した家は二階家で、広さに応じて、金二朱から、金一両三分くらいまであった。その二階家に囲まれるようにして、いわゆる九尺二間の長屋が並んでいたが、日当たりや裏に抜けることができるかどうかなどで、月に三百五十文から五百文が相場であった。

長屋には、寛兵衛という大家を雇っており、店賃の徴収や掃除や店子の面倒を見たり、町会の寄合などで色々な決め事に関わっていた。寛兵衛は敷地内にある稲荷神社の隣にある〝造作付き〟の屋敷を格安で借りており、店子たちの仲を取り持つ役目もしていた。造作付きとは、長屋で仕事をしている職人たちの当面に必要な道具や材料、売り出す前の商品などを保管しておく所である。

志野が借りたのは、竈と水瓶がついている最も小さな部屋で、月に三百五十文かかるという。頭の中で算盤を弾いて、一年分の店賃と今でいえば敷金のような預け金を幾ばくか渡して、早速、入居することとなった。

共同の芥溜と厠がすぐ裏手にあったので、少々臭ったが、慣れればどうってことはなくなるという住人たちの言葉を信じることにした。寝具は奈良衛門に金を渡して用意してもらうことにしたものの、文机や針箱、小さな簞笥などがないと落ち着かない。これも、大家に頼んで運び込んでもらった。

なんとか形ばかりは、長屋の住人らしくなったが、狭い室内でもきちんと正座をして丁重に頭を下げて、

「今後とも宜しくお願い致しまする」

と挨拶をする志野に、近所の者たちは背中が痒くなるような、落ち着かぬ様子だった。奈良衛門としては店賃さえくれれば文句はない。ただ、本当の身元がはっきりしないことが難儀だった。

「本当に住むのかね、奥方様……いや、志野さん」

縫い物屋のおかねが声をかけると、おかみさん連中も少々、不安そうな目を向けた。厄介者が来たというよりも、何だか色々なことで足手まといになりそうな予感がしたからである。

その不安はすぐに的中した。

五

数日後のことである。大雨が降ったために、長屋の雨樋(あまどい)が壊れ、さらに強風にさらされて屋根瓦などが吹き飛んだせいで、酷い雨漏りとなった。

志野の部屋に限らず、板戸が外れたり、軒が折れたりして、雨が室内に吹き込んだり、びしゃびしゃと土間(どま)に流れ落ちたりしている。大工や左官、鳶(とび)などがずぶ濡れになりながら助け合って、困っている長屋の人々の部屋を廻って修繕をし始めた。中でも桶屋の染五郎は大忙しで、本業ではないがあちこちを手際よく直していた。水を漏らさぬのが桶職人の仕事である。

「大丈夫かい、志野さん……入った早々、こんな目に遭って、大変なことだな」

ポタポタと天井から落ちてくる雨を受けている盥も、染五郎が持ってきてくれたものであった。志野はただ、部屋の片隅でじっと座っていただけである。長屋の人々が親切に修繕をしてくれたお陰で、しばらくすると雨水が落ちてくることはなくなった。

「ありがたいことでございます。みなさんのお陰で、私は何ひとつ手伝うこともなく、いい目だけを味わいました」

「何を言ってやがる。ひとつ屋根の下に住んでいるんじゃねえか。礼なんていらねえよ」

本当の亭主か息子たちのように、男衆もおかみさんたちも、志野に親切だった。

というよりも、このような事態になるのは日常茶飯事のようだった。おかみさん連中も、「火事になるよりましだ」「地震で潰れなくてよかった」と笑っている。いつも最悪の事態を覚悟しているから、雨漏りなんぞは取るに足らないことかもしれない。

だが、紙漉職人の仲蔵だけは、常軌を逸したような叫び声を上げている。

何事かと長屋の住人たちが駆けつけると、雨で濡れて崩れている紙の束を土間に打ち捨てている。何度も何度も、頭がおかしくなったかのように、投げつけているのだ。

「よしなさいな、仲蔵さん。一体、どうしたんだい」

おかねが心配そうに言った。職人気質で取っつきにくいところのある人だが、今のように声を荒らげることはなかった。よほどの事があったのだろうが、近づくのも恐いくらいだった。

「どうもこうもねえやッ。見りゃ分かるだろうが。雨漏りのお陰で、折角、綺麗に乾いていた紙がこんなになっちまった。でっけえ仕事だったのに、もうダメだ」

自暴自棄(じぼうじき)になって紙を投げ続ける仲蔵を、染五郎や勘三郎、幸四郎らが止めようとしたが、逆に水を含んだ紙を投げつけられた。カッとなった染五郎がむんずと仲蔵の胸ぐらを摑んで、

「大概にしやがれ。大変なのはみんな同じだ。こんな事くれえで、なんだ」

「こんな事くれえ……だと!?」

仲蔵は逆に染五郎を乱暴に押しやって、

「だから、俺はさっさと別の場所に移ろうって言ったんだ。なのに、てめえらは、このままで充分だ、みんな仲良くなったから、今更、他の所に移るのは嫌だなどと、ぐずぐずしやがったから、この程度の雨で紙がだめになっちまうんだッ」

「それが嫌なら、おまえが他に移ればいいだけじゃねえか」

「なんだと」

「いつも言ってるじゃねえか。この長屋は親の代から、俺たち職人が守ってきた立派

な長屋だ。お互いにそれぞれが力を合わせているからこそ、成り立ってるんだってな」

田楽長屋に来れば必ずいいものを作ってくれたり、直してくれたりする。いい職人が揃っている。そういう評判があるからこそ、客が来るのだ。それがバラバラになって、あちこちに分散して住むことになれば、これまでの取り引きも減るだろうし、第一、培(つちか)ってきた信頼がなくなってしまうであろう。

「そんなことはねえ。腕さえしっかりしてりゃ、何処でやろうが客はついてくる」

「そうかねえ……」

蠟燭職人の幸四郎が言った。

「俺たちが材料や細工道具に事欠かないのは、長屋全部の職人のものを、まとめて安く仕入れることができるからだ。それに、お互いが融通し合ってる。おまえが使っている蠟燭だって俺が譲ってるものだし、水桶だって簀の子だって、染五郎さんが修繕を重ねてるものだろうが」

「こっちだって紙を分けてるぜ」

「だから、お互い様だってんだ。みんな一心同体なんだよ。仲蔵、おまえが欠ければ他の者が困るし、他の者が欠ければ……」

「いや。俺は何も困らねえ。いっそのこと、この長屋をお上にお渡しした方がいいと思う。そうすりゃ、もっといい所で、いい仕事ができるはずだ」

「立ち退きに応じろってのか」

「ああ、そうだ。前々から、俺はそう言ってるじゃねえか。火事でも起きて、すべてが灰になってしまう前に、お上の言うとおりにした方が利口だと思うがな」

仲蔵は吐き捨てるように言うと、部屋の壁に凭(もた)れて座り込んだ。染五郎たちも興奮気味に睨みつけていたが、

「たしかに、それは困りましたねえ」

と声をかけてきたのは、志野であった。

「立ち聞きをせずとも耳に入りましたので、老婆心(ろうばしん)ながら申し上げますと、喧嘩はよくありません。みんな仲良く致しましょう」

のんびりとした声なので、住人たちはどう返答してよいか困惑した。

「新参者が余計なことを言うんじゃねえや」

投げやりに言う仲蔵に、志野は微笑を返して、

「立派で丈夫な紙を作る人なんですから、あなたも立派で丈夫なはずです、身も心も」

「なんだ？」

「青山元不動(せいざんもとふどう)、白雲自(おの)ずから去来す……主人がよく口にしていた言葉です。ほら、見てご覧なさい。さっきまでの雨が嘘みたいに、月や星が出ています。人生も空模様のように、良いときも悪いときもありますが、それはひとときのこと。無心に自然に受け流していれば、揺るがぬ心が養われますよ」

「……訳の分からねえことを言うな」

思わず手にしていたヘラを振り上げたが、小さな溜息をついて下ろすと、

「あんたを見ていると調子がおかしくなる。なんで、こんな長屋に来やがったんだ。一体、何が狙いなんだ、ええっ⁉」

腹立たしげにそう言ったが、志野は首を傾げて笑っているだけだった。

「おい、みんな……この婆さんは、とんだ食わせもんかもしれねえぞ。気をつけた方がいい。でねえと、暮らしをズタズタにされるかもしれねえ」

仲蔵は意味深長なことを吐き捨てて、木戸から出ていった。志野は少し辛そうな目になって追いかけようとしたが、おかねが止めた。行く先は分かっているという。いつもの赤提灯(あかちょうちん)に違いないのだ。

その言葉どおり、永代橋近くの『蒼月(そうげつ)』という居酒屋で、仲蔵は冷や酒をぐびぐび

飲んでいた。

「自棄酒(やけ)とは、あんたらしくねえな」

仲蔵の背中に軽く十手(じって)の先が触れた。振り返ると、熊公が聳(そび)えるように立っていた。

一瞬、ドキンと身を竦めた仲蔵だが、フンと鼻を鳴らして、

「嫌だよ。金輪際(こんりんざい)、お断りだからな。もう勘弁してくれ」

「紙がダメになったくれえで、そうしょげるなよ」

「うるせえ。てめえは十手を持ってぶらぶらしてるだけだから、職人の気持ちなんざ分からねえんだろうよ」

「俺だって相撲取りだったんだ。辛抱苦労が水の泡になるなんざ毎度のことだったよ。物を作るわけじゃねえが、少しくらいは、おまえたち職人の気持ちは理解してるつもりだ」

「だったら、二度と俺に近づくな」

「そうはいかねえよ。こちとら、北町奉行の遠山様の御命令で動いてるんだ。悪いようにはしねえからよ。ほれ……」

熊公は小判を二枚、そっと仲蔵の袖の中に忍ばせた。それが何か分かっているのか、仲蔵はほんのわずか、ためらいの表情になったが、何も言わずに小判を確かめるよう

に握りしめ、

「……分かったよ。やりゃ、いいんだろう」

「ちょいと大暴れをして、小火でも起こせばいいんだよ。何、案ずることはねえ。火が広がる前に町火消しがかけつけて、大事には至らさねえ」

「本当だろうな」

「こんなことは俺だってしたくねえが、遠山様のたっての頼みだ。古味の旦那も辛いところだが、ならず者が関わってくるよりはマシだろうよ。ここを狙っているタチの悪い奴らはゴマンといるんだよ」

「あんたも変わらないがな」

「まあ、そう言うな。要するに、みんなが出ていってくれりゃいいんだ」

「…………」

「おまえには散々、小遣いをやったんだから……いや、紙を売り捌くのも随分と世話してやったじゃねえか……これからも、ちゃんとした紙作りをしたいのなら、言うことを聞いた方が身のためだぜ。こっちには遠山様がついてるんだ。大丈夫だって」

猫なで声で銚子の酒を注ごうとしたが、仲蔵はひったくって手酌で飲んだ。

「本当だな。俺は長屋の連中に怨まれたりしたくねえ。ましてや咎人になるのは、まっぴら御免だぜ」

「分かってるよ。ただし、きちんとやらねえと、おまえの昔話が、世間に知られることになるぜ。下手な小細工はするなよ」

もう十年も前のことだが、仲蔵は盗みで捕らえられたことがある。そのときは、病弱の母親のために芋を盗んだだけのことだから、古味は温情をかけたのだった。むろん余罪があることを、熊公は知っている。

まるで脅しである。清濁併せのむ古味のもとで、多少の阿漕な真似はしてきた熊公だが、立ち退きをさせるために長屋を小火にするというのは尋常ではない。しかし、それをキッカケにして代替地が決まれば、長屋の者たちにとっても実は良いことではないかと、仲蔵なりに計算したのである。そんな思惑を承知しているかのように、熊公は繰り返して言った。

「案ずることはねえ。遠山様がついてなさるんだ。新しい長屋に移って、そこで暮らしが始まれば、みんなも必ず納得するに違いねえ。ああ、おまえもな」

仕方なさそうに頷いた仲蔵は、さらに酒をあおった。

六

その翌日は、昨夜の雨がなかったかのように真夏の日射しとなり、地面には陽炎(かげろう)すら浮かんでいた。志野の言うとおり、自然は常に変化をしており、過ぎたことなど気にもせずに、新たな装いを見せている。

いつものように、おかみさん連中は井戸端で喋りながら洗い物をしたり、食事の支度をしたりしていた。そして、亭主たちも自分の仕事に勤(いそ)しんでいた。そんな光景を、志野が楽しそうに見廻っていると、「ごめん」と声をかけて、恰幅のいい商人風の男が木戸口から入ってきた。

長屋をじろじろと見廻して歩きながら、

「なるほど……これは話に聞くよりも酷い所ですな……」

と独り言を洩らした。それが耳に入ったおかみさんのひとりが、

「何が酷いって？　人の家(うち)に土足で入ってきて、酷いだの汚いだのと、よくも言っておくれじゃないか」

「汚いとは言ってませんよ」

苦々しい顔で、おかみさんたちを見下ろしながら後ろ手を組み、商人風は長屋の一軒一軒を見て歩いていた。その後について、

「案内なら、私が致しますよ」

と、志野が声をかけた。

「腕の良い職人ばかりでございましてね、この長屋で三代目の方もおります。おかみさんたちも、ほんに気がついて優しい人たちばかりですから、まさに極楽ですよ」

「……どなた？」

「ここに住んでいる者でございます」

「奥方様が……ああ、そうでしたか。これは失礼しました」

何を勘違いしたのか商人風は背筋を伸ばして、きちんと向き直ると、

「私は、深川で材木問屋を営んでいる『阿波屋』仁左衛門というものでございます」

「『阿波屋』……これは奇遇です。うちの殿様も阿波守でしてね」

「え……？」

「あ、これは余計なことを……それにしても、仁左衛門さんだなんて、これまた男らしい歌舞伎役者みたいなお名前でございますね」

「それより、奥方様とゆっくりお話をしたいのですが、お付き合い願えますか」

「喜んで。また、みたらし団子を食べてみたいですわ」

「みたらし……なるほど、お口が肥えている奥方様には、あのようなものが珍しいのでございますな。ならば、もっと美味しいもの、あ、いや、不味いものをお教えしましょう」

にっこり微笑みかけながら、志野の手を取って木戸口から出ていった。

見送っていたおかみさん連中は口々に、

「やっぱり、志野さんには親切にしといた方がよさそうだよ」

「うん。だって、深川の『阿波屋』といえば、公儀御用達の大店だ。その旦那が、あして下にも置かないいんだから、やっぱり……」

「名のある奥方様に違いない。『阿波屋』の旦那さんは百も承知してるんだよ」

「もしかして、この長屋を買い取るために様子を探りに来たのかな、志野さんも、『阿波屋』さんも」

「どっちにしたって、あたしたちの暮らしを壊さないで欲しいもんだねえ」

「ほんと、ほんと」

などと言っていたが、志野と仁左衛門の耳には届いていない。

ふたりは富岡八幡宮近くの茶店に入った。

近頃は、清からは白砂糖、琉球からは黒砂糖が大量に入ってきて、甘いものが庶民の口に入りやすくなっていた。大福、さくら餅、羽二重団子、言問団子、きんつばなどを食べながら、茶で一服するのは商家の奥方や娘たち、行商人たちの楽しみであった。

「富岡八幡宮の境内を歩いたのも、屋台を見たのも初めてです。ほんに江戸の人々は、日々の暮らしを楽しんでおりますねえ」

縁台に座った志野が微笑ましい顔で見廻していると、仁左衛門は唐突に、

「奥方様は、あの長屋を幾らで買い叩くおつもりですかな」

「買い叩く？」

「住んでいると聞いたから、てっきり地主か家主かと思いましたが、よくよく考えてみると、田楽長屋のほとんどは『藤乃屋』の沽券地のはず……その落ち着いた物腰からして、本当は何処ぞの大奥様でございましょう。武家のお姿ですが、もしや曽我部様の奥方ではありますまいな。あの土地は、旗本の曽我部様も狙っているとのことなので」

「曽我部？　いいえ、違います。私は阿波小松……」

と言いかけて口をつぐんだ。

「なんでもありませぬ。私は独り身になりましたから、ただただ主人の供養をしながら、後は自由に暮らしたいと存じます」

「――そうですか……ご主人を……随分と長年、連れ添ったのでしょうね」

ちらりと顔を覗くように、仁左衛門は志野を見た。

「はい。かれこれ六十年になります」

「えっ、そんなに？　てことは……それにしては、随分とお若く見えますな」

「よく言われます。頭が弱いからでしょうかしらねえ。おほほ」

惚けているとでも思ったのだろうか、仁左衛門はさらに探るような目になって、

「本当は幾らで買うのですかな？　あるいは、もう実は手にしていて、地所の値を吊り上げるために、居候の真似事をしているのですか、あの長屋に」

「居候だなんて。きちんと店賃を払っておりますわ。一年分を先払いで」

「なるほど……ま、あなたにとっては端金でしょうが、それで、どうするつもりなのです。あの長屋はそろそろ建て直させねばなりますまい。いえね、うちは材木問屋ですから、新しくしたいわけではありませんよ、ええ。万が一、火事にでもなったら、住人だけではなく、他の町人たちにも迷惑がかかりましょう。ですから……」

「難しい話は分かりませぬが……」

志野は遮るように制してから、おしとやかに茶を飲むと、

「斗室(としつ)の中、万慮都(ばんりょすべ)て捐(す)つれば、甚(なん)の画棟(がとう)に雲を飛ばし、珠簾(しゅれん)を雨に捲(ま)くを説かん。三杯(さんぱい)の後(のち)、一真自得(いっしんじとく)すれば、唯(た)だ、素琴(そきん)を月に横たえ、短笛(たんてき)を風に吟(ぎん)ずるを知るのみ」

「は……？」

「主人が好きな言葉で繰り返し言っていたので、耳に残っているのです。他にも色々と漢学を学んでいたのですが、もっと吟じましょうか。ええと……」

「いや、結構です」

仁左衛門が断ったとき、ふいに近づいてきた人影があった。気配に気づいた仁左衛門が振り返ると、吉右衛門が立っていた。

「ああ、これはご隠居……」

高山家当主の中間であることを知っているのであろう、仁左衛門は立ち上がって丁寧に頭を下げると、

「いつもお世話になっております」

と言った。中間のふりをしているが、和馬よりも偉い人だと察していた。

「――よろしいですかな」

半ば強引に志野の隣に座った吉右衛門は、名を名乗ると、

「吉右衛門様……あら、まあ。またぞろ歌舞伎役者さんのようなお名前で、素敵な御仁であらせられること」

「世辞（せじ）は結構です。でも、今のはとても良い言葉ですな」

「はあ？」

「斗室の中、万慮都て捐つれば……たしか洪応明（こうおうめい）の『菜根譚（さいこんたん）』の中にありますね。欲だの何だの一切の心配事を捨て去ることができれば、ささやかな暮らしの中でも人生の楽しみを知ることができる……私も大好きな一節です」

と声をかけた。志野は屈託のない笑みでこくりと頷いて、

「おっしゃるとおりでございます」

「だから、あなたも田楽長屋に住もうと思ったのですか」

「よく分かりません。なんだか、老後が楽しくなりそうな気がしたからです」

「そうですか。ずっと住むことができればいいですね」

「ええ……おや、あれは何ですか？」

志野は腰を上げると、背伸びをして一方を見やった。曲芸や見世物小屋などの〝呼び込み〟のために、笛や太鼓を鳴らして練り歩く一団がいたのだ。

中には、「大鼬がいるよ、さあ、入ったり入ったり」という文言に引かれて小屋に入れば、血の付いた大きな板があって、「大板血です！」というイカサマのような手合いもあった。

だが、ほとんどは長年の厳しい鍛錬を要する曲芸や軽業である。居合い抜き刀の刃渡り、短刀投げのような危険と隣り合わせの芸、曲独楽や曲鞠などの鮮やかな技を披露する曲芸、籠脱けや綱渡りという大仕掛けの軽業などが次から次へと人々を魅了していた。さらに、猿廻しという大道芸や蠟人形や珍獣などを見せる小屋も並んでいた。

「どうですか、一緒に観に行ってみますか」

吉右衛門が誘うと、志野は子供のように喜んで、跳ねるように音曲のする方へ向かい始めた。吉右衛門からすれば、少し若いが年は近いはず。だが、あまりに明るいので、見ている方も楽しくなった。

「――『阿波屋』さん……あなたも、もしかすると、古味さんに何か頼まれましたかな？」

「え……」

わずかに仁左衛門の目が泳いだのを、吉右衛門は見逃さず、

「そのことを責めようというのではありません。あの志野さんから、地所を買い叩こうとしているのかもしれませんが、無駄なことです。田楽長屋はたしかに一部は、『藤乃屋』奈良衛門さんの沽券地ですが、ほとんどは町奉行支配地です。公儀の地所なのです」

「承知してます」

「もし、大火事になったりして、材木問屋が儲かることを狙っているのならば、よした方がよろしい。住人のためでもあるが、あなたのためでもある」

「私は何も……」

　困惑して目を伏せた仁左衛門を、吉右衛門は鋭く睨みつけて、

「いいですね」

「…………」

「とはいえ……実は私も、あの長屋があのままで良いと考えているわけではない。近頃、続いている地震も心配だし、夏は火の手は少ないとはいえ、乾燥した日は火事も気になる……『藤乃屋』さんのように、意地になって居座る人々を擁護していただけでは、何も解決しないどころか、住人を危ない目に晒すことにもなりかねない」

「は、はい……」

「一番は長屋の住人たちの暮らしのことです。良い智恵を拝借できませんかね。まあ、考えておいてください」

吉右衛門はそう投げかけてから、もう人混みに消えかかっている志野を追った。それを見送っていた仁左衛門は、

「やはり……あの婆さんは誰か偉い人の……それとも金持ちの……でなければ、あのご隠居が出張ってくるわけがあるまい」

と呟きながら目を細めた。

七

数日後の朝、遠山左衛門尉が北町奉行所の役宅から、表の役所に移って、奉行部屋に来たとき、すでに裃姿の和馬が出向いてきていた。アッと驚いた顔になった遠山に、和馬は深々と頭を下げて、

「火急の用にて参りました。内与力様にはお許しを得ております」

と丁寧な態度で申し述べた。

俄に眉間に皺を寄せた遠山は、上座に着くなり、帯に挟んでいた扇子で文机をビシ

ッと打ちつけた。苛立ったときの遠山の癖であることは、和馬は承知している。名奉行の誉れが高い遠山ではあるが、お白洲で見せる冷静沈着な顔と、部下や町人たちに見せる態度には大きな落差がある。人間としてはどうかと思うが、為政者としては間違っていない面もある。だが、和馬は裏表のある人間が一番、嫌いであった。

「おまえの顔を見ると、どうも調子が狂う。せっかく今朝は目覚めがよかったのに、俄に気分が暗くなったわい」

「疚しいところがあるからでしょう」

「なに……」

さらに眉間の溝を深くして、遠山が睨みつけると、すぐさま和馬は傍らの風呂敷包みから絵図面を取り出して、

「富岡八幡宮近くにある田楽長屋について、お話に参りました」

「──待て。おまえは、小普請が一番の大事だと思うておるのか。奉行の仕事は多岐にわたっておって、今から……」

「そこを曲げて、お願い申し上げます」

和馬は遮るように強く言った。

「吟味方与力が今日、裁く吟味の中に、田楽長屋に付け火をしたとして捕らえられた

男がおります。その長屋に住んでいる紙漉職人の仲蔵という男です」

「なに？」

「しかし、付け火を命じたのは誰あろう、この北町定町廻り同心、古味覚三郎である疑いがあります」

「馬鹿を申せ」

「岡っ引の熊公は、私が問い詰めれば素直に話しました。ですが、古味は私のことを軽んじて、相手にしてくれませぬ。古味と熊公には、これまで色々と手を貸し合いましたが、とんでもないことをやらかしましたね。しかも、お奉行の命令だとか」

「口を慎め、高山……」

「いいえッ」

さらに語気を強めて、和馬は続けた。

「田楽長屋の住人を他へ移せと命じたのは、お奉行でございましょう。古味は忠実に職務を果たそうとしたあまり、とんでもないことをやらかしたのですぞ」

「信じられぬ」

「たしかに、仲蔵は熊公に命じられたとおり、小火で済まそうとした。だが、晴れの日が続いていたせいか、火の廻りが早く、予め熊公が呼んでいたはずの町火消しが来るのが遅れて、思いの外、火が広がりました」

「…………」

「ところが、仲蔵が正直に話そうとしたため、付け火の下手人に仕立てられ、古味に捕らえられたのです」

「…………」

「どうですかな、お奉行。かようなことが許されましょうか」

和馬は厳しい顔で詰め寄ったが、遠山は腕組みをして目を閉じただけで、何とも返答をしなかった。うんともすんとも言わない。和馬は痺れを切らしたように、

「お奉行は承知していますよね。もし、もっと火が広がったら、それこそ大火事になっていたかもしれませぬ」

「…………」

「此度の一件……単に長屋の立ち退きの話ではありますまい。これを機に、厳しい御定法を町民たちに突きつけようという魂胆がありますよね」

断言したように言う和馬に、遠山はギラリと燦めく目を向けた。

「おまえは仮にも旗本のくせに、町人の味方ばかり。法を守りたくないのか」

「悪法もまた法とはよく言ったもので、五代将軍による〝生類憐れみの令〟は、人の

命よりも犬猫の方が大事という、とんでもない風潮を世の中に広めましたね」

「公儀の御政道批判をするつもりか」

「八代将軍・吉宗公が作った目安箱は、まだ生きているはずです。庶民の声なき声を聞いて下さい。遠山様のお立場は重々、承知しておりますが、お上がごり押しする御触書は如何なものでしょうか」

お上が庶民を縛るのが法である。ゆえに、禁止事項がやたらと多い。一度、成立すれば廃止になるものは少なく、前例がどんどん積み重ねられていくから、町人の暮らしはますます窮屈になっていくのである。

「此度の〝立ち退き法〟なるものは、今後の悪しき前例となりましょう。それを百も承知で強引にやろうとしている」

「………」

「私も初めは、火事や地震から町人を守るためならば、いたしかたないと思っておりました。しかし、実態は違った……小普請組の仲間たちが調べたところによりますと、幕府は自分たちの都合のよいときに、自分たちに都合のよい所を、自分たちの思うように変えることができる——そのような法になるそうですね」

「あり得ぬ。おまえは、御公儀の御触書について誹謗中傷しようというのか」

「誹謗中傷ではありませぬ」

和馬は目を吊り上げて、切り返した。

「誹謗とは、人の悪口を言うことで、中傷とは、ありもしないことをわざと言い触らして人を傷つけることです。私は、お奉行が為そうとしていることを、問い質したいだけではありませぬかッ」

「…………」

「きちんと答えて下さい。田楽長屋を強引に立ち退かせて、上様のお狩場へ向かう船着場を造ることすら表向き。何か別のものを造るつもりなのでしょう」

「…………」

「にも拘わらず、さも庶民の暮らしをよくするような虚言を弄すること自体が、間違っていると思いますが、如何」

食ってかかるような目つきになった和馬に、遠山は苦々しく口を歪めて、

「相変わらず、青臭いことを言うものだ……ならば、どうする。万が一、大地震でもくれば、おまえがすべて責任を担うというのか」

「担いましょう」

あっさりと返した和馬を、遠山は目を丸くして見つめた。

「小普請組として、私が一切の責任を負いますので、田楽長屋については任せて下さいませぬか、遠山様」

「――ならぬ……私ひとりの考えでは、どうにもならぬ」

「御老中や若年寄方を説得することこそが、遠山様のお務めではありませぬか？」

「代替地を与えると言うておるではないか」

「しかし、何処にするか。いつまでに造るかということは未定です。しかも、何十人もの人たちを一挙に移すのは無理ですし、その場所もない。新たな町にするために、一時避難で済むならば話は別ですが、奉行所にその配慮はありませんね」

「…………」

「小普請組にすべてお任せ下されば、みんな身を粉にして働くと思いますよ」

和馬が如何と膝を進めると、遠山は一度閉じた目をゆっくりと開けて、

「ならば……幕閣を説得できるだけのものを持参せい。話はそれからだ」

「ようございます。そう言われると思って、絵図面だけは用意してきました。これは、まだ確定ではありませぬが……」

と田楽長屋全体の絵図面を披露しながら、

「長屋の住人たちには、一旦、富岡八幡宮近くの空き地に仮住まいの小屋を建てて、

そっちで住んでもらいます。その間に減った仕事などの補償は町入用(にゅうよう)を使い、さらに『信州屋』が払うと言うております」

「………」

「この絵図面を見てもらえば分かりますとおり、この一帯は、富岡八幡宮からも近いこともあり、門前町の繋がりにしたいと存じます。真ん中に大きな道を通して、その両側と町を取り囲むようにして造る道沿いに、二階建ての長屋を造ります」

和馬は実に楽しそうに語った。

「一階を職人たちの仕事場にして、通りからその仕事っぷりが見えるようにします。そして、二階に居住できるようにして、新たな職人や商売人も呼び込みます。うちの吉右衛門の試算では、これまでの五割増しくらいの人が居住することになるとか」

「それで、町が立ちゆくのか」

「ええ。そこを、富岡八幡宮の第二の門前町にしたら如何でしょうか。職人技を披露しながら、物を売るから、人々が大通りを常に通る町となり、大横川や仙台堀(せんだいぼり)に近いので、そのまま大川(おおかわ)まで船遊びにも行くことができます」

「ふむ。なるほど……それで、暇な小普請組を使えると踏んだか」

溜息をついて絵図面を払った遠山に、和馬は微笑を向けて、

「ええ、職のない人足たちも助かります。なにより住人たちは、自分たちで新しい町を造ると思ったとたん、俄然(がぜん)、やる気が出てきました。ただ、賃借しているだけではなく、職住に加え、訪れる人が一緒に楽しめる町にすることに、住人たちは喜んでいるんです」

今でいえば、居住環境とテーマパークを兼ね備えた商店街であろうか。

「そのことのためならば、両替商の『藤乃屋』奈良衛門までもが、頑張って金を出すと言っております。立ち退きの反対騒ぎの首謀者であるよりは、ずっと前向きでやり甲斐があるとね」

「高山……どうして、そんなことを考えたのだ」

「志野さんです」

「……志野？」

「ええ。江戸屋敷に入って以来、お屋敷から一歩も出たことのないお姫様(ひい)で、それゆえ何でもかんでも物珍しい。ですから、何もかもが一辺に楽しめる所がよいと、ね」

「武家屋敷から一歩も出たことのないお姫様……？」

首を傾(かし)げる遠山に、和馬はそうですすと微笑み返して、

「阿波小松藩に三歳の頃から仕えている奥女中なんですな、これが」

「えっ……」

遠山は当然、勘づいたが、すぐに和馬が口を挟むように、

「それでは、仲蔵の件もよろしく裁断下さいよ。さすれば、古味や熊公の失態は、怪我人が誰ひとり出ていないということで、不問に付されるのではありませぬか？」

と言い切った。

苦虫(にがむし)を潰した遠山だが、分が悪いと判断したのであろう、渋々とではあるが、黙って頷くしかなかった。

八

志野は和馬と吉右衛門に深々と頭を下げて、

「お旗本とは知らず、過日は富岡八幡宮の境内だけではなく、両国橋の見せ物小屋だの浅草奥山(おくやま)の芝居小屋にまで連れていっていただき、本当にありがとうございました。おまけに、美味しい鰻(うなぎ)の蒲焼(かばや)きまでご馳走になり、私は人生の楽しみのすべてを一日で味わうことができました。ありがとうございます」

と丁寧に挨拶をした。

「人生のすべてとは大袈裟でしょう。ささ、頭を上げて下さい」

高山家の奥座敷である。

「長屋の者たちも、ずっと居てくれることを望んでいるそうですぞ」

「そうなのですか……」

「あなたは、まったくシャキシャキとしていないし、何をしても手間がかかるから、年老いたお姫様のようなものだけれど、そこはかとない日だまりのような感じがすると、住人たちは思っているようですぞ」

長屋の人々はみな、初めは、金持ちの道楽で長屋に住もうとしているとか、町場の暮らしを垣間見てみたいだけだと思っていたようだった。しかし、迷い込んできた老猫でも世話をするように、長屋の住人たちの方から、我も我もとお節介をしていた。傍目から見ても不思議な光景だった。

「もしかしたら、亀が運んできた福徳が、志野さんにはあるのかもしれませぬな」

吉右衛門がそう言うと、

「あら、どうして、そのことを……？」

と、志野は首を傾げた。吉右衛門は阿波小松藩の奥女中であったことは人伝に聞いたと伝えて、一度だけ、越智阿波守に会ったことがあって、海亀の話を聞いたことがあると言った。

「本当でございますか、殿様と……」

「はい。江戸城中でのことですが、正月の挨拶の折、白書院の控えの間にて、言葉を交わしたことがあります」

「さようでございましたか」

ご隠居がそのような場所に行くことを、志野は不思議に思わなかった。

「そのときは、奏者番として、お務めを果たしたすぐ後でしたので、少し緊張が解けていたのでしょうか、気さくに声をかけて下さいまして、和馬様のような小普請方の苦労にも触れて、お気遣い下さいました」

「ええ、気遣いの殿様なのです。私は生涯、殿様の側にてお仕えするつもりでございましたが、ああいうことになりまして……」

ちょっとした失態で自刃をしたことは、和馬は承知していた。そのため御役御免となって、慣れ親しんだ江戸屋敷から離れ、阿波にも帰れぬ志野の身上に、吉右衛門と和馬は同情していた。その奇異な人生にも、興味が湧いていた。

「よろしければ、長屋の建て直しが終わるまで、ここにいて下さって結構ですよ」

「ありがとうございます。でも、私はあの長屋の人々が好きなのでございます。私だけが楽をしてはいけません」

「でも、まだ……」

「人とのふれあいは、年月の長短ではないと思います。殿様とのように長い間、ずっとお仕えしていても、なにひとつ分からないこともあれば、ほんの一瞬で分かりあえる人もいます」

「これは、妙なことを……」

和馬は意外な目を志野に向けて、

「越智阿波守のことは、よくご存じだったのではありませぬか？　ずっと側にいらしたのでしょう」

「もちろん、分かっております。殿様は立派な御仁ですが、少し気の弱いところもあって、私には甘えん坊でしたが、だからといって殿様の全てを知っていたわけではありません。ただただ、殿様のお世話をしていただけのことでございます」

「ただ、お世話をしていただけのこと……」

その言葉に、和馬は微(かす)かな違和感を覚えた。藩主と奥女中の深い信頼関係が築かれていたように感じていたが、少なくとも志野はそう考えていなかったのであろうか。

「誤解をしないで下さいまし、高山様。私は人ではなかったのです。女でもなかったのです。それが嫌だったとか後悔をしているとか、そのようなことは一切ありません。むしろ、幸せに暮らせたと感謝しております。だからこそ、私が面倒を見なければならなかった殿様がいなくなった限りは、宿下がりをして気儘(きまま)に余生を過ごしたいと思ったのです」

まるで、初めて自分の意志を叶(かな)えることができた——とでも言いたげな、爽やかで瑞々(みずみず)しい表情であった。吉右衛門と和馬はその胸の奥深いところにある、複雑な思いを垣間見た気がした。

「もっとも、帰りたい主家は、もうありませんけれど。うふふ」

志野が小さな声で笑ったとき、吉右衛門が玄関まで出向いて、ふたりの商人が入ってきた。『藤乃屋』と『阿波屋』である。

和馬は対立していたふたりの顔を見るなり、

「どうだね。うまくいきそうかね、新しい町のことは」

待ってましたとばかりに問いかけると、『藤乃屋』主人の奈良衛門は、『阿波屋』主人の仁左衛門と顔を見合わせて、お互いに鷹揚な笑いを噴き出した。和馬がキョトンとなるのへ、奈良衛門が言った。

「さすがは、ご隠居さん。なかなかの策士ですな」

「策士……？」

「そうではありませぬか。結局は、町奉行所が所管している公儀の沽券地、そこを私に買い取らせ、その町の普請は、この『阿波屋』さんに担わせた。喧嘩にならぬように、土地と建物の持ち主を分断し、それぞれが勝手に処分できないようにすることによって、町人の暮らしを守ろうとした……そうでございますな」

「はは。それは和馬様が考えたことです。私はお手伝いをしただけ。和馬様は志野さんの深い思いを、どうにかしたいとね……そういう御仁です。何はともあれ、みんなが仲良くしてもらえれば、それでいいのです」

「もちろん、喧嘩の種は消えました。ですが、町ができるのは、どんなに急いでも二年先です。それまで、他の所で仮住まいしている者たちが辛抱できるか、そして戻ってくるかどうか、ですな」

　奈良衛門の憂慮はないと、和馬は断じた。移転先は、公儀の蔵屋敷などがあった空き地であり、そこには雨露が凌げて、仕事ができる程度の掘っ立て小屋だが提供する。

「そんな所には長らく住みたくないでしょう。そして、新しい町が仕事もできて、住むこともできて、遊ぶこともできる。そんな賑やかな町は、他になかなかないだろうから、早く帰りたがりますよ」

「たしかに……元の住人のみならず、新たに住みたいという人々も来るかもしれませぬな。ですが、心配がひとつだけあります」

と言ったのは、吉右衛門だった。

「この、志野さんの住む所です。まさか、殿様の奥方だった人を、みなと同じような部屋に住まわせるわけにはいきますまい」

「奥方ではなく、奥女中です。でも、もしかしたら、殿様のお陰で、新しい長屋ができるのかもしれませんね」

まるで因果でもあるかのように、志野がニコニコと答えた。たしかに、阿波守の自刃がなければ、志野が屋敷から出ることもなく、長屋に立ち寄ったり、こうして吉右衛門らと会うこともなかった。

志野は吉右衛門たちに向かって、

「秋になると、柿の実は何事もなかったように、ほっこりと実りますね」

「ええ」

「雨風に打たれ、雪にも降られ、あるいは枯れてしまいそうな熱い日射しに照らされたり、鳥に突かれたり、虫に食われたりしたかもしれませんが、その時節になれば、本当にすべてを忘れたように、実が成り、赤く熟していきます……私もそういうふうに、残りの人生を過ごしたいのです」

「――あんな所でいいのですか？」

「だって、新しくて綺麗な町になるのでしょ。できるだけ早く建てて下さいね。でないと、その前に、こっちがポトリと落ちてしまうかもしれませんからねえ」

「何事もなかったように実る……ですか」

　吉右衛門が感心したように頷いた。

「なるほどねえ……歌人か俳人のようだ……もしかしたら、志野さん。あなたは実は、凄い人なのかもしれませんな……私とも気が合うような気がします」

　微笑みかけた吉右衛門の背中を、和馬は軽く突っついて、

「熟した者同士が結ばれるのもよいことではないか。吉右衛門、早速、誰かを仲人に立ててやるから、きちんと申し込んではどうだ」

と声をかけた。吉右衛門は少し照れ臭そうに笑ったが、志野の方が、

「せっかく自由の身になったのですから、私も相手を選びとうございます」

「私では釣り合いが取れぬと……？」

　吉右衛門が半ばムキになるのへ、志野はおっとりとした様子のままで、

「はい。そうでございます」

と悪びれることもなく答えた。吉右衛門は逃げ出したいくらいに顔を真っ赤にしたが、和馬たちはみな大笑いをした。

「志野さんにとっては、やはり阿波守がたったひとりの主なのでしょう。ですが、まだまだ殿様からは呼びつけられそうにない……長い余生になりそうですな」

和馬がそう言うと、志野は黙って笑みを浮かべているだけであった。そして、

「新しい町が楽しみですわ」

と呟いた。

ただ、ぶらりと訪ねてきた老婆に過ぎない。何かをした訳でもない。だが、志野が田楽長屋に足を踏み込んだということだけで、何かが変わった。立ち退きを拒んでいた住人たちは素直に一時的に移転し、新しい町ができる話がとんとんと進み、町奉行所による不当な干渉もなくなった。

——これもまた不思議な人の縁というものか。

と吉右衛門と和馬は感じ入っていた。

二見時代小説文庫

罠には罠 ご隠居は福の神12

二〇二三年 七 月二十五日 初版発行

著者 井川香四郎

発行所 株式会社 二見書房
〒一〇一-八四〇五
東京都千代田区神田三崎町二-一八-一一
電話 〇三-三五一五-二三一一［営業］
〇三-三五一五-二三一三［編集］
振替 〇〇一七〇-四-二六三九

印刷 株式会社 堀内印刷所
製本 株式会社 村上製本所

ISBN978-4-576-23076-4
https://www.futami.co.jp/

井川香四郎

ご隠居は福の神

シリーズ

以下続刊

① ご隠居は福の神
② 幻の天女
③ いたち小僧
④ いのちの種
⑤ 狸穴(まみあな)の夢
⑥ 砂上の将軍
⑦ 狐(きつね)の嫁入り
⑧ 赤ん坊地蔵
⑨ どくろ夫婦
⑩ そこにある幸せ
⑪ 八卦(はっけ)良(よ)い
⑫ 罠(わな)には罠

「世のため人のために働け」の家訓を命に、小普請組の若旗本・高山和馬(たかやまかずま)は金でも何でも可哀想な人たちに分け与えるため、自身は貧しさにあえいでいた。ところが、ひょんなことから、見ず知らずの「ご隠居」を屋敷に連れ帰る。料理や大工仕事はいうに及ばず、体術剣術、医学、何にでも長(た)けたこの老人と暮らすうち、和馬はいつしか幸せの伝達師に！「ご隠居」は何者？心に花が咲く！